沈从文 等 著

浮生岁月长自在

古吴轩出版社

图书在版编目（CIP）数据

浮生岁月长自在 / 沈从文等著. -- 苏州 ：古吴轩出版社，2022.12
ISBN 978-7-5546-1978-0

Ⅰ. ①浮… Ⅱ. ①沈… Ⅲ. ①散文集－中国 Ⅳ. ①I26

中国版本图书馆CIP数据核字（2022）第146409号

责任编辑：顾　熙
见习编辑：羊丹萍
策　　划：村　上　荀　敏
封面设计：言　成
内文插画：桃　年

书　　名：浮生岁月长自在
著　　者：沈从文等
出版发行：古吴轩出版社
　　　　　地址：苏州市八达街118号苏州新闻大厦30F
　　　　　电话：0512-65233679　　　　邮编：215123
印　　刷：天宇万达印刷有限公司
开　　本：787×1092　　1/32
印　　张：7.5
字　　数：127千字
版　　次：2022年12月第1版
印　　次：2022年12月第1次印刷
书　　号：ISBN 978-7-5546-1978-0
定　　价：46.00元

如有印装质量问题，请与印刷厂联系。0318-5302229

编辑说明

EDIT MEMO

本书收录了史铁生、丰子恺、沈从文、梁实秋、汪曾祺、丁玲等一批知名作家的散文名篇。

本书以阐述作家自身经历为主线，原汁原味地呈现《我二十一岁那年》《旧病杂忆》等经典名篇。本书配有全新插图，为精华之选，以飨读者。

本书所选篇目根据权威版本进行校订。编校时最大程度上保留原作精髓，部分字词如“的”“得”“地”、“他”“她”“它”、“做”“作”、“枝”“支”等均依循原作。因所选文章创作年份不同，书中不同篇目中的字词用法并不统一，特此说明。另，本书部分文章为节选。

目录

CONTENTS

辑一 最忆少年时

辑二 试将岁月追白马

辑三 诗酒趁年华

辑四 凯风自南知我意

辑五 心有怀恋几万点

辑一

最忆少年时

我二十一岁那年（节选）

史铁生

友谊医院神经内科病房有十二间病室，除去 1 号 2 号，其余十间我都住过。当然，绝不为此骄傲。即便多么骄傲的人，据我所见，一躺上病床也都谦恭。1 号和 2 号是病危室，是一步登天的地方，上帝认为我住那儿为时尚早。

十九年前，父亲搀扶着我第一次走进那病房。那时我还能走，走得艰难，走得让人伤心就是了。当时我有过一个决心：要么好，要么死，一定不再这样走出来。

正是晌午，病房里除了病人的微鼾，便是护士们轻极了的脚步，满目洁白，阳光中飘浮着药水的味道，如同信徒走进了庙宇，我感觉到了希望。一位女大夫把我引进 10 号病室。她贴近我的耳朵轻轻柔柔地问："午饭吃了没？”我说：“您说我的病还能好吗？”她笑了笑。记不得她怎样回答了，单记得她说了一句什么之后，父亲的愁眉也略略地舒展。女大夫步履轻盈地走后，我永远留住了一个偏见：女人是最应该当大夫的，白大褂是她们最优雅的服装。

那天恰是我二十一岁生日的第二天。我对医学对命运都还未及了解，不知道病出在脊髓上将是一件多么麻烦的事。我舒心地躺下来睡了个好觉。心想：十天，一个月，好吧就算是三个月，然后我就又能是原来的样子了。和我一起插队的同学来看我时，也都这样想；他们给我带来很多书。

10 号有六个床位。我是 6 床。5 床是个农民，他天天都盼着出院。“光房钱一天一块一毛五，你算算得啦，”5 床说，“‘死病’值得了这么些？”3 床就说：“得了嘿，你有完没完！死死死，数你悲观。”4 床是个老头，说：“别介别介，咱毛主席有话啦——既来之，则安之。”农民便带笑地把目光转向我，却是对他们说：“敢情你们都有公费医疗。”他知道我还在与贫下中农相结合。1 床不说话，1 床一旦说话即可出院。2 床像是个有些来头的人，举手投足之间便赢得大伙儿的敬畏。2 床幸福地把一切名词都忘了，包括忘了自己的姓名。2床讲话时，所有名词都以“这个”“那个”代替，因而讲到一些轰轰烈烈的事迹却听不出是谁人所为。4床说：“这多好，不得罪人。”

我不搭茬儿。刚有的一点舒心顷刻全光。一天一块多房钱都要从父母的工资里出，一天好几块的药钱、饭钱都要从父母的工资里出，何况为了给我治病家中早已是负债累累了。我马上就想那农民之所想了：什么时候才能出院呢？我赶紧松开拳头让自己放明白点：这是在医院不是在家里，这儿没人会容忍我发脾气，而且砸坏了什么还不是得用父母的工资去赔？所幸身边有书，想来想去只好一头埋进书里去，好吧好吧，就算是三个月！我平白地相信这样一个期限。

可是三个月后我不仅没能出院，病反而更厉害了。

那时我和2床一起住到了7号。整个冬天就快过去，我反倒拄着拐杖都走不到院子里去了，双腿日甚一日地麻木，肌肉无可遏止地萎缩，这才是需要发愁的。

大夫护士们都同情我。因为我还这么年轻，因为我是自费医疗，因为大夫护士都已经明白我这病的前景极为不妙，还因为我爱读书——在那个年代，大夫护士们尤为喜爱一个爱读书的孩子。他们还把我当孩子。他们的孩子有不少也在插队。护士长好几次在我母亲面前夸我，最后总是说："唉，这孩子……"这一声叹，暴露了当代医学的爱莫能助。他们没有别的办法帮助我，只能让我住得好一点儿，安静些，读读书吧——他们可能是想，说不定书中能有"这孩子"一条路。

可我已经没了读书的兴致。整日躺在床上，听各种脚步从门外走过；希望他们停下来，推门进来，又希望他们千万别停，走过去走他们的路去别来烦我。心里荒荒凉凉地祈祷：上帝如果你不收我回去，就把能走路的腿也给我留下！我确曾在没人的时候双手合十，出声地向神灵许过愿。多年以后才听一位无名的哲人说过：危卧病榻，难有无神论者。如今来想，有神无神并不值得争论，但在命运的混沌之点，人自然会忽略着科学，向虚暝之中寄托一份虔敬的祈盼。正如迄今人类最美好的向往也都没有实际的验证，但那向往并不因此消灭。

主管大夫每天来查房，每天都在我的床前停留得最久："好吧，别急。"按规矩主任每星期查一次房，可是几位主任时常都来看看我："感觉怎么样？嗯，一定别着急。"有那么些天全科的大夫都来看我，八小时以内或以外，单独来或结队来，检查一番各抒主张，然后都对我说："别着急，好吗？千万别急。"从他们谨慎的言谈中我渐渐明白了一件事：我这病要是因为一个肿瘤的捣鬼，把它找出来切下去随便扔到一个垃圾桶里，我就还能直立行走，否则我多半就把祖先数百万年进化而来的这一优势给弄丢了。

窗外的小花园里已是桃红柳绿，二十二个春天没有哪一个像这样让人心抖。我已经不敢去羡慕那些在花丛树行间漫步的健康人和在小路上打羽毛球的年轻人。我记得我久久地看过一个身着病服的老人，在草地上踱着方步晒太阳；只要这样我想只要这样！只要能这样就行了就够了！我回忆脚踩在软软的草地上是什么感觉？想走到哪儿就走到哪儿是什么感觉？踢一颗路边的石子，踢着它走是什么感觉？没这样回忆过的人不会相信，那竟是回忆不出来的！老人走后我仍呆望着那块草地，阳光在那儿慢慢地淡薄，脱离，凝作一缕孤哀凄寂的红光一步步爬上墙，爬上楼顶……我写下一句歪诗：轻拨小窗看春色，漏入人间一斜阳。日后我摇着轮椅特意去看过那块草地，并从那儿张望 7 号窗口，猜想那玻璃后面现在住的谁，上天打算为他挑选什么前程。当然，上帝用不着征求他的意见。

我乞求上帝不过是在和我开着一个临时的玩笑——在

我的脊椎里装进了一个良性的瘤子。对对，它可以长在椎管内，但必须要长在软膜外，那样才能把它剥离而不损坏那条珍贵的脊髓。“对不对，大夫？”“谁告诉你的？”“对不对吧？”大夫说：“不过，看来不太像肿瘤。”我用目光在所有的地方写下“上帝保佑”，我想，或许把这四个字写到千遍万遍就会赢得上天的怜悯，让它是个瘤子，一个善意的瘤子。要么干脆是个恶毒的瘤子，能要命的那一种，那也行。总归得是瘤子，上帝！

朋友送了我一包莲子，无聊时我捡几颗泡在瓶子里，想，赌不赌一个愿？——要是它们能发芽，我的病就不过是个瘤子。但我战战兢兢地一直没敢赌。谁料几天后莲子竟都发芽。我想好吧我赌！我想其实我压根儿是倾向于赌的。我想倾向于赌事实上就等于是赌了。我想现在我还敢赌——它们一定能长出叶子！（这是明摆着的。）我每天给它们换水，早晨把它们移到窗台西边，下午再把它们挪到东边，让它们总在阳光里；为此我抓住床栏走，扶住窗台走，几米路我走得大汗淋漓。这事我不说，没人知道。不久，它们长出一片片圆圆的叶子来。“圆”，又是好兆。我更加周到地伺候它们，坐回到床上气喘吁吁地望着它们，夜里醒来在月光中也看看它们：好了，我要转运了。并且忽然注意到“莲”与“怜”谐音，毕恭毕敬地想：上帝终于要对我发发慈悲了吧？这些事我不说没人知道。叶子长出了瓶口，闲人要去摸，我不让，他们硬是摸了呢，我便在心里加倍地祈祷几回。这些事我不说，现在也没人知道。然而科学胜利了，它三番五次地说那儿没有瘤子，没有没有。果然，上帝直接在那条娇嫩的脊髓上做了手脚！定案之日，我像个冤判的屈鬼那样疯狂地作乱，挣扎着站起来，心想干吗不能跑一回给那个没良心的上帝瞧瞧？后果很简单，如果你没摔死你必会明白：确实，你干不过上帝。

我终日躺在床上一言不发，心里先是完全的空白，随后由着一个“死”字去填满。王主任来了。（那个老太太，我永远忘不了她。还有张护士长。八年以后和十七年以后，我两次真的病到了死神门口，全靠这两位老太太又把我抢下来。）我面向墙躺着，王主任坐在我身后许久不说什么，然后说了，话并不多，大意是：还是看看书吧，你不是爱看书吗？人活一天就不要白活。将来你工作了，忙得一点儿时间都没有，你会后悔这段时光就让它这么白白地过去了。这些话当然并不能打消我的死念，但这些话我将受用终生，在以后的若干年里我频繁地对死神抱有过热情，但在未死之前我一直记得王主任这些话，因而还是去做些事。使我没有去死的原因很多（我在另外的文章里写过），“人活一天就不要白活”亦为其一，慢慢地去做些事于是慢慢地有了活的兴致和价值感。有一年我去医院看她，把我写的书送给她，她已是满头白发了，退休了，但照常在医院里从早忙到晚。我看着她想，这老太太当年必是心里有数，知道我还不至于去死，所以她单给我指一条活着的路。可是我不知道当年我搬离 7 号后，是谁最先在那儿发现过一团电线，并对此做过什么推想？那是个秘密，现在也不必说。假定我那时真的去死了呢？我想找一天去问问王主任。我想，她可能会说“真要去死那谁也管不了”；可能会说“要是你找不到活着的价值，迟早还是想死”；可能会说“想一想死倒也不是坏事，想明白了倒活得更自由”；可能会说“不，我看得出来，你那时离死神还远着呢，因为你有那么多好朋友”。

友谊医院——这名字叫得好。“同仁”“协和”“博爱”“济慈”，这样的名字也不错，但或稍嫌冷静，或略显张扬，都不如“友谊”听着那么平易、亲近。也许是我的偏见。二十一岁末尾，双腿彻底背叛了我，我没死，全靠着友谊。还在乡下插队的同学不断写信来。软硬兼施劝骂

并举，以期激起我活下去的勇气；已转回北京的同学每逢探视日必来看我，甚至非探视日他们也能进来。“怎进来的你们？”“咳，闭上一只眼睛想一会儿就进来了。”这群插过队的，当年可以凭一张站台票走南闯北，甭担心还有他们走不通的路。那时我搬到了加号。加号原来不是病房，里面有个小楼梯间，楼梯间弃置不用了，余下的地方仅够放一张床，虽然窄小得像一节烟筒，但毕竟是单间。这又是大夫护士们的一番苦心，见我的朋友太多，都是少男少女难免说笑得不管不顾，既不能影响了别人又不可剥夺了我的快乐。加号的窗口朝向大街，我的床紧挨着窗，在那儿我度过了二十一岁中最惬意的时光。每天上午我就坐在窗前清清静静地读书，很多名著我都是在那时读到的，也开始像模像样地学着外语。一过中午，我便直着眼睛朝大街上眺望，尤其注目骑车的年轻人和 5 路汽车的车站，盼着朋友们来。有那么一阵子我暂时忽略了死神。朋友们来了，带书来，带外面的消息来，带安慰和欢乐来，带新朋友来，新朋友又带新的朋友来，然后都成了老朋友。以后的多少年里，友谊一直就这样在我身边扩展，在我心里深厚。把加号的门关紧，我们自由地嬉笑怒骂，毫无顾忌地议论世界上所有的事，高兴了还可以轻声地唱点儿什么——陕北民歌，或插队知青自己的歌。晚上朋友们走了，在小台灯幽寂而又喧嚣的光线里，我开始想写点儿什么，那便是我创作欲望最初的萌生。我一时忘记了死，还因为什么？还因为爱情的影子在隐约地晃动。那影子将长久地在我心里晃动，给未来的日子带来幸福也带来痛苦，尤其带来激情，把一个绝望的生命引领出死谷；无论是幸福还是痛苦，都会成为永远的珍藏和神圣的纪念。

二十一岁、二十九岁、三十八岁，我三进三出友谊医院，我没死，全靠了友谊。后两次不是我想去勾结死神，而是死神对我有了兴趣；我高烧到四十多摄氏度，朋友们把我抬到友谊医院，内科说没有护理截瘫病人的经验，柏大夫就去找来王主任，找来张护士长，于是我又住进神内病房。尤其是二十九岁那次，高烧不退，整天昏睡、呕吐，差不多三个月不敢闻饭味，光用血管去喝葡萄糖，血压也不安定，先是低压升到一百二十接着高压又降到六十，大夫们一度担心我活不过那年冬天了——肾，好像是接近完蛋的模样，治疗手段又像是接近于无了。我的同学找柏大夫商量，他们又一起去找唐大夫：要不要把这事告诉我父亲？他们决定：不。告诉他，他还不是白着急？然后他们分了工：死的事由我那同学和柏大夫管，等我死了由他们去向我父亲解释；活着的我由唐大夫多多关照。唐大夫说："好，我可以以教学的理由留他在这儿，他活一天就还要想一天办法。"当然，这些事都是我后来听说的。真是人不当死鬼神奈何其不得，冬天一过我又活了，看样子极可能活到下一个世纪去。唐大夫就是当年把我接进10号的那个大夫，就是那个步履轻盈温文尔雅的女大夫，但八年过去她已是两鬓如霜了。又过了九年，我第三次住院时唐大夫已经不在。听说我又来了，科里的老大夫、老护士们都来看我，问候我，夸我的小说写得还不错，跟我叙叙家常，唯唐大夫不能来了。我知道她不能来了，她不在了。我曾摇着轮椅去给她送过一个小花圈，大家都说："她是累死的，她肯定是累死的！"我永远记得她把我迎进病房的那个中午，她贴近我的耳边轻轻柔柔地问："午饭吃了没？"倏忽之间，怎么，她已经不在了？她不过才五十岁出头。这事真让人哑口无言，总觉得不大说得通，肯定是谁把逻辑摆弄错了。

但愿柏大夫这一代的命运会好些。实际只是当着众多病人时我才叫她柏大夫。平时我叫她“小柏”，她叫我“小史”。她开玩笑时自称是我的“私人保健医”，不过这不像玩笑这很近实情。近两年我叫她“老柏”，她叫我“老史”了。十九年前的深秋，病房里新来个卫生员，梳着短辫儿，戴一条长围巾，穿一双黑灯芯绒鞋，虽是一口地道的北京城里话，却满身满脸的乡土气尚未退尽。“你也是插队的？”我问她。“你也是？”听得出来，她早已知道了。“你哪届？”“老初二。你呢？”“我六八，老初一。你哪儿？”“陕北。你哪儿？”“我内蒙古。”这就行了，全明白了，这样的招呼是我们这代人的专利，这样的问答立刻把我们拉近。我料定，几十年后这样的对话仍会在一些白发苍苍的人中间流行，仍是他们之间最亲切的问候和最有效的沟通方式。闲下来细细去品，这个“老史”最令人羡慕的地方，便是一向活在友谊中。真说不定，这与我二十一岁那年恰恰住进了“友谊”医院有关。

因此偶尔有人说我是活在世外桃源，语气中不免流露了一点讥讽，仿佛这全是出于我的自娱甚至自欺。我颇不以为然。我既非活在世外桃源，也从不相信有什么世外桃源。但我相信世间桃源，世间确有此源，如果没有恐怕谁也就不想再活；倘此源有时弱小下去，依我看，至少讥讽并不能使其强大。千万年来它作为现实，更作为信念，这才不断。它源于心中再流入心中，它施于心又由于心，这才不断。欲其强大，舍心之虔诚又向何求呢？

也有人说我是不是一直活在童话里？语气中既有赞许又有告诫。赞许并且告诫，这很让我信服。赞许既在，告诫并不意指人们之间应该加固一条防线，而只是提醒我：童话的缺憾不在于它太美，而在于它必要走进一个更为纷繁而且严酷的世界，那时只怕它太娇嫩。

事实上二十一岁那年，上帝已经这样提醒我了，他早已把他的超级童话和永恒的谜语向我略露端倪。

住在4号时，我见过一个男孩儿。他那年七岁，家住偏僻的山村，有一天传说公路要修到他家门前了，孩子们都翘首以待好梦联翩。公路终于修到，汽车终于开来，乍见汽车，孩子们惊讶兼着胆怯，远远地看。日子一长孩子便有奇想，发现扒住卡车的尾巴可以威风凛凛地兜风，他们背着父母玩得好快活。可是有一次，只一次，这七岁的男孩儿失手从车上摔了下来。他住进医院时已经不能跑，四肢肌肉都在萎缩。病房里很寂寞，孩子一瘸一瘸地到处串；淘得过分了，病友们就说他："你说说你是怎么伤的？"孩子立刻低了头，老老实实地一动不动。"说呀？""说，因为什么？"孩子嗫嚅着。"喂，怎么不说呀？给忘啦？""因为扒汽车。"孩子低声说。"因为淘气。"孩子补充道。他在诚心诚意地承认错误。大家都沉默，除了他自己谁都知道：这孩子伤在脊髓上，那样的伤是不可逆的。孩子仍不敢动，规规矩矩地站着用一双正在萎缩的小手擦眼泪。终于会有人先开口，语调变得哀柔："下次还淘不淘了？"孩子很熟悉这样的宽容或原谅，马上使劲摇头："不，不，不了！"同时松了一口气。但这一回不同以往，怎么没有人接着向他允诺"好啦，只要改了就还是好孩子"呢？他睁大眼睛去看每一个大人，那意思是：还不行么？再不淘气了还不行么？他不知道，他还不懂，命运中有一种错误是只能犯一次的，并没有改正的机会，命运中有一种并非是错误的错误（比如淘气，是什么错误呢），但这却是不被原谅的。那孩子小名叫“五蛋”，我记得他，那时他才七岁，他不知道，他还不懂。未来，他势必有一天会知道，可他势必有一天就会懂吗？但无论如何，那一天就是一个童话的结尾。在所有童话的结尾处，让我们这样理解吧：上帝为锤炼生命，将布设下一个残酷的谜语。

住在6号时，我见过有一对恋人。那时他们正是我现在的年纪，四十岁。他们是大学同学。男的二十四岁时本来就要出国留学，日期已定，行装都备好了，可命运无常，不知因为什么屁大的一点儿事不得不拖延一个月，偏就在这一个月里因为一次医疗事故他瘫痪了。女的对他一往情深，等着他，先是等着他病好，没等到；然后还等着他，等着他同意跟她结婚，还是没等到。外界的和内心的阻力重重，一年一年，男的既盼着她来又说服着她走。但一年一年，病也难逃爱也难逃，女的就这么一直等着。有一次她狠了狠心，调离北京到外地去工作了，但是斩断感情却不这么简单，而且再想调回北京也不这么简单，女的只要有三天假期也迢迢千里地往北京跑。男的那时病更重了，全身都不能动了，和我同住一个病室。女的走后，男的对我说过：你要是爱她，你就不能害她，除非你不爱她，可是你又为什么要结婚呢？男的睡着了，女的对我说过：我知道他这是爱我，可他不明白其实这是害我，我真想一走了事，我试过，不行，我知道我没法儿不爱他。女的走了男的又对我说过：不不，她还年轻，她还有机会，她得结婚，她这人不能没有爱。男的睡了女的又对我说过：可什么是机会呢？机会不在外面在心里，结婚的机会有可能在外边，可爱情的机会只能在心里。女的不在时，我把她的话告诉男的，男的默然垂泪。我问他："你干吗不能跟她结婚呢？"他说："这你还不懂。"他说："这很难说得清，因为你活在整个这个世界上。"他说："所以，有时候这不是光由两个人就能决定的。"我那时确实还不懂。我找到机会又问女的："为什么不是两个人就能决定的？"她说："不，我不这么认为。"她说："不过确实，有时候这确实很难。"她沉吟良久，说："真的，跟你说你现在也不懂。"十九年过去了，那对恋人现在该已经都是老人。我不知道现在他们各自在哪儿，我只听说他们后来还是分手了。十九年中，我自己也有过爱情的经历了，现在要是有个二十一岁的人问我爱情都是什么？大概我也只能回答：真的，这可能从来就不是能说得清的。无论她是什么，她都很少属于语言，而是全部属于心的。还是那位作家三毛说得对：爱如禅，不能说不能说，一说就错。那也是在一个童话的结尾处，上帝为我们能够永远地追寻着活下去，而设置的一个残酷却诱人的谜语。

二十一岁过去，我被朋友们抬着出了医院，这是我走进医院时怎么也没料到的。我没有死，也再不能走，对未来怀着希望也怀着恐惧。在以后的年月里，还将有很多我料想不到的事发生，我仍旧有时候默念着“上帝保佑”而陷入茫然。但是有一天我认识了神，他有一个更为具体的名字——精神。在科学的迷茫之处，在命运的混沌之点，人唯有乞灵于自己的精神。不管我们信仰什么，都是我们自己的精神的描述和引导。

1991 年

老家

史铁生

常要在各种表格上填写籍贯，有时候我写北京，有时候写河北涿州，完全即兴。写北京，因为我生在北京长在北京，大约死也不会死到别处去了。写涿州，则因为我从小被告知那是我的老家，我的父母及祖上若干辈人都曾在那儿生活。查词典，“籍贯”一词的解释是：祖居或个人出生地——我的即兴碰巧不错。

可是这个被称为老家的地方，我是直到四十六岁的春天才第一次见到它。此前只是不断地听见它。从奶奶的叹息中，从父母对它的思念和恐惧中，从姥姥和一些亲戚偶尔带来的消息里面，以及从对一条梦幻般的河流——拒马河——的想象之中，听见它。但从未见过它，连照片也没有。奶奶说，曾有过几张在老家的照片，可惜都在我懂事之前就销毁了。

四十六岁的春天，我去亲眼证实了它的存在；我跟父亲、伯父和叔叔一起，坐了几小时汽车到了老家。涿州——我有点儿不敢这样叫它。涿州太具体，太实际，因而太陌生。而老家在我的印象里一向虚虚幻幻，更多的是一种情绪，一种声音，甚或一种光线一种气息，与一个实际的地点相距太远。我想我不妨就叫它 Z 州吧，一个非地理意义的所在更适合连接起一个延续了四十六年的传说。

然而它果真是一个实实在在的地方，有残断的城墙，有一对接近坍圮的古塔，市中心一堆蒿草丛生的黄土据说是当年钟鼓楼的遗址，当然也有崭新的酒店、餐馆、商厦，满街的人群，满街的阳光、尘土和叫卖。城区的格局与旧北京城近似，只是缩小些，简单些。中心大街的路口耸立着一座仿古牌楼（也许确凿是个古迹，唯因旅游事业而修葺一新），匾额上五个大字：天下第一州。中国的天下第一着实不少，这一回又不知是以什么为序。

我们几乎走遍了城中所有的街巷。父亲、伯父和叔叔一路指指点点感慨万千：这儿是什么，那儿是什么，此一家商号过去是什么样子，彼一座宅院曾经属于一户怎样的人家，某一座寺庙当年如何如何香火旺盛，庙会上卖风筝，卖兔爷，卖莲蓬，卖糖人儿、面茶、老豆腐……庙后那条小街曾经多么僻静呀，风传有鬼魅出没，天黑了一个人不敢去走……城北的大石桥呢？哦，还在还在，倒还是老样子，小时候上学放学他们天天都要从那桥上过，桥旁垂柳依依，桥下流水潺潺，当初可是Z州一处著名的景观啊……咱们的小学校呢？在哪儿？那座大楼吗？哎哎，真可是今非昔比啦……

我听见老家在慢慢地扩展，向着尘封的记忆深入，不断推新出陈。往日，像个昏睡的老人慢慢苏醒，唏嘘叹惋之间渐渐生气勃勃起来。历史因此令人怀疑。循着不同的情感，历史原来并不确定。

一路上我想，那么文学所求的真实是什么呢？历史难免是一部御制经典，文学要弥补它，所以看重的是那些沉默的心魂。历史惯以时间为序，勾画空间中的真实，艺术不满足这样的简化，所以去看这人间戏剧深处的复杂，在被普遍所遗漏的地方去询问独具的心流。我于是想起西川的诗：

我打开一本书，/一个灵魂就苏醒/……/我阅读一个

家族的预言 / 我看到的痛苦并不比痛苦更多 / 历史仅记录少数人的丰功伟绩 / 其他人说话汇合为沉默……

我的老家便是这样。Z州，一向都在沉默中。但沉默的深处悲欢俱在，无比生动。那是因为，沉默着的并不就是普遍，而独具的心流恰是被一个普遍读本简化成了沉默。

汽车缓缓行驶，接近史家旧居时，父亲、伯父和叔叔一声不响，唯睁大眼睛望着窗外。史家的旧宅错错落落几乎铺开一条街，但都久失修整，残破不堪。“这儿是六叔家。”“这儿是二姑家。”“这儿是七爷爷和七奶奶。”“那边呢？噢，五舅曾在那儿住过。”……简短的低语，轻得像是怕惊动了什么，以致那一座座院落也似毫无生气，一片死寂。

汽车终于停下，停在了“我们家”的门口。

但他们都不下车，只坐在车里看，看斑驳的院门，看门两边的石墩，看屋檐上摇动的枯草，看屋脊上露出的树梢……伯父首先声明他不想进去：“这样看看，我说就行了。”父亲于是附和：“我说也是，看看就走吧。”我说：“大老远来了，就为看看这房檐上的草吗？”伯父说：“你知道这儿现在住的谁？”“管他住的谁！”“你知道人家会怎么想？人家要是问咱们来干吗，咱们怎么说？”“胡汉三又回来了呗！”我说。他们笑笑，笑得依然谨慎。伯父和父亲执意留在汽车上，叔叔推着我进了院门。院子里没人，屋门也都锁着，两棵枣树尚未发芽，疙疙瘩瘩的枝条与屋檐碰撞发出轻响。叔叔指着两间耳房对我说：“你爸和你妈，当年就在这两间屋里结的婚。”“你看见的？”“当然我看见的。那天史家的人去接你妈，我跟着去了。那时我十三四岁，你妈坐上花轿，我就跟在后头一路跑，直跑回家……”我仔细打量那两间老屋，心想，说不定，我就是从这儿进入人间的。

从那院子里出来，见父亲和伯父在街上来来回回地走，向一个个院门里望，紧张，又似抱着期待。街上没人，处处都安静得近乎怪诞。“走吗？”“走吧。”虽是这样说，但他们仍四处张望。“要不就再歇会儿？”“不啦，走吧。”这时候街的那边出现一个人，慢慢朝这边走。他们便都往路旁靠一靠，看着那个人，看他一步步走近，看他走过面前，又看着他一步步走远。不认识。这个人他们不认识。这个人太年轻了他们不可能认识，也许这个人的父亲或者爷爷他们认识。起风了，风吹动屋檐上的荒草，吹动屋檐下的三顶白发。已经走远的那个人还在回头张望，他必是想：这几个老人站在那儿等什么？

离开Z州城，仿佛离开了一个牵魂索命的地方，父亲和伯父都似吐了一口气：想见她，又怕见她。唉，Z州啊！老家，只是为了这样的想念和这样的恐惧吗？

汽车断断续续地挨着拒马河走，气氛轻松些了。父亲说："顺着这条河走，就到你母亲的家了。"叔叔说："这条河也通着你奶奶的家。"伯父说："哎，你奶奶呀，一辈子就是羡慕别人能出去上学、读书。不是你奶奶一再坚持，我们几个能上得了大学？"几个人都点头，又都沉默。似乎这老家，永远是要为她沉默的。我在《奶奶的星星》里写过，我小时候，奶奶每晚都在灯下念着一本扫盲课本，总是把《国歌》一课中的"吼声"错念成"孔声"。我记得，奶奶总是羡慕母亲，说她赶上了新时代，又上过学，又能到外面去工作……

拒马河在太阳下面闪闪发光。他们说这河以前要宽阔得多，水也比现在深，浪也比现在大。他们说，以前，这一块平原差不多都靠着这条河。他们说，那时候，在河湾水浅的地方，随时你都能摸上一条大鲤鱼来。他们说，那时候这河里有的是鱼虾、螃蟹、莲藕、鸡头米，苇子长得比人高，密不透风，五月节包粽子，米泡好了再去劈粽叶也来得及……

母亲的家在Z州城外的张村。那村子真是大，汽车从村东到村西开了差不多一刻钟。拒马河从村边流过，我们挨近一座石桥停下。这情景让我想起小时候读过的一课书：拒马河，靠山坡，弯弯曲曲绕村过……

父亲说："就是这桥。"我们走上桥，父亲说："看看吧，那就是你母亲以前住过的房子。"

高高的土坡上，一排陈旧的瓦房，围了一圈简陋的黄土矮墙，夕阳下尤其显得寂寞，黯然，甚至颓唐。那矮墙，父亲说原先没有，原先可不是这样，原先是一道青砖的围墙，原先还有一座漂亮的门楼，门前有两棵老槐树，母亲经常就坐在那槐树下读书……

这回我们一起走进那院子。院子里堆着柴草，堆着木料、灰砂，大约这老房是想换换模样了。主人不在家，只一群鸡"咯咯"地叫。

叔叔说："就是这间屋。你爸就是从这儿把你妈娶走的。"

"真的？"

"问他呀。"

父亲避开我的目光，不说话，满脸通红，转身走开。我不敢再说什么。我知道那不是因为别的，是因为不能忘记的痛苦。母亲去世十年后的那个清明节，我和妹妹曾跟随父亲一起去给母亲扫墓，但是母亲的墓已经不见，那时父亲就是这样的表情，满脸通红，一言不发，东一头西一头地疾走，满山遍野地找寻着一棵红枫树，母亲就葬在那棵树旁。我曾写过：母亲离开得太突然，且只有四十九岁，那时我们三个都被这突来的噩运吓傻了，十年中谁也不敢提起母亲一个字，不敢说她，不敢想她，连她的照片也收起来不敢看……直到十年后，那个清明节，我们不约而同地说起该去看看母亲的坟了；不约而同——可见谁也没有忘记，一刻都没有忘记……

我看着母亲出嫁前住的那间小屋，不由得有一个问题：那时候我在哪儿？那时候是不是已经注定，四十多年之后她的儿子才会来看望这间小屋，来这儿想象母亲当年出嫁的情景？一九四八年，母亲十九岁，未来其实都已经写好了，站在我四十六岁的地方看，母亲的一生已在那一阵喜庆的唢呐声中一字一句地写好了，不可更改。那唢呐声，沿着时间，沿着阳光和季节，一路风尘雨雪，传到今天才听出它的哀婉和苍凉。可是，十九岁的母亲听见了什么？十九岁的新娘有着怎样的梦想？十九岁的少女走出这个院子的时候历史与她何干？她提着婚礼服的裙裾，走出屋门，有没有再看看这个院落？她小心或者急切地走出这间小屋，走过这条甬道，转过这个墙角，迈过这道门槛，然后驻足，抬眼望去，她看见了什么？啊，拒马河！拒马河上绿柳如烟，雾霭飘荡，未来就藏在那一片浩渺的苍茫之中……我循着母亲出嫁的路，走出院子，走向河岸，拒马河悲喜不惊，必像四十多年前一样，翻动着浪花，平稳浩荡奔其前程……

我坐在河边，想着母亲曾经就在这儿玩耍，就在这儿长大，也许她就攀过那棵树，也许她就戏过那片水，也许她就躺在这片草丛中想象未来，然后，她离开了这儿，走进了那个喧嚣的北京城，走进了一团说不清的历史。我转动轮椅，在河边慢慢走，想着：从那个坐在老槐树下读书的少女，到她的儿子终于来看望这座残破的宅院，这中间发生了多少事呀。我望着这条两端不见头的河，想：那顶花轿顺着这河岸走，锣鼓声渐渐远了，锁呐声或许伴母亲一路，那一段漫长的时间里她是怎样的心情？一个人，离开故土，离开童年和少年的梦境，大约都是一样——就像我去串联、去插队的时候一样，顾不上别的，单被前途的神秘所吸引，在那神秘中描画幸福与浪漫……

如今我常猜想母亲的感情经历。父亲憨厚老实到完全缺乏浪漫，母亲可是天生的多情多梦，她有没有过另外的想法？从那绿柳如烟的河岸上走来的第一个男人，是不是父亲？在那雾霭苍茫的河岸上执意不去的最后一个男人，是不是父亲？甚至，在那绵长的锁呐声中，有没有一个立于河岸一直眺望着母亲的花轿渐行渐杳的男人？还有，随后的若干年中，她对她的爱情是否满意？我所能做的唯一见证是：母亲对父亲的缺乏浪漫常常哭笑不得，甚至叹气连声，但这个男人的诚实、厚道，让她信赖终生。

母亲去世时，我坐在轮椅里连一条谋生的路也还没找到，妹妹才十三岁，父亲一个人担起了这个家。二十年，这二十年母亲在天国一定什么都看见了。二十年后一切都好了，那个冬天，一夜之间，父亲就离开了我们。他仿佛终于完成了母亲的托付，终于熬过了他不能不熬的痛苦、操劳和孤独，然后急着去找母亲了——既然她在这尘世间连坟墓都没有留下。

老家，Z 州，张村，拒马河……这一片传说或这一片梦境，常让我想：倘那河岸上第一个走来的男人，或那河岸上执意不去的最后一个男人，都不是我的父亲，倘那个立于河岸一直眺望着母亲的花轿渐行渐杳的男人成了我的父亲，我还是我吗？当然，我只能是我，但却是另一个我了。这样看，我的由来是否过于偶然？任何人的由来是否都太偶然？都偶然，还有什么偶然可言？我必然是这一个。每个人都必然是这一个。所有的人都是一样，从老家久远的历史中抽取一个点，一条线索，作为开端。这开端，就像那绵绵不断的唢呐，难免会引出母亲一样的坎坷与苦难，但必须到达父亲一样的煎熬与责任，这正是命运要你接受的“想念与恐惧”吧。

故乡的胡同

史铁生

北京很大，不敢说就是我的故乡。我的故乡很小，仅北京城之一角，方圆大约二里，东和北曾经是城墙现在是二环路。其余的北京和其余的地球我都陌生。

二里方圆，上百条胡同密如罗网，我在其中活到四十岁。编辑约我写写那些胡同，以为简单，答应了，之后发现这岂非是要写我的全部生命？办不到。但我的心神便又走进那些胡同，看它们一条一条怎样延伸怎样连接，怎样枝枝杈杈地漫展，以及怎样曲曲弯弯地隐没。我才醒悟，不是我曾居于其间，是它们构成了我。密如罗网，每一条胡同都是我的一段历史、一种心绪。

四十年前，一个男孩艰难地越过一道大门槛，惊讶着四下张望，对我来说胡同就在那一刻诞生。很长很长的一条土路，两侧一座座院门排向东西，红而且安静的太阳悬挂西端。男孩看太阳，直看得眼前发黑，闭一会儿眼，然后顽固地再看太阳。因为我问过奶奶：“妈妈是不是就从那太阳里回来？”

奶奶带我走出那条胡同，可能是在另一年。奶奶带我去看病，走过一条又一条胡同，天上地上都是风、被风吹淡的阳光、被风吹得断续的鸽哨声。那家医院就是我的出生地。打完针，嚎啕之际，奶奶买一串糖葫芦慰劳我，指着医院的一座西洋式小楼说，她就是从那儿听见我来了，我来的那天下着罕见的大雪。

是我不断长大所以胡同不断地漫展呢，还是胡同不断地漫展所以我不断长大？可能是一回事。

有一天母亲领我拐进一条更长更窄的胡同，把我送进一个大门，一眨眼母亲不见了，我正要往门外跑时被一个老太太拉住，她很和蔼但是我哭着使劲挣脱她，屋里跑出来一群孩子，笑闹声把我的哭喊淹没。我头一回离家在外，那一天很长，墙外磨刀人的喇叭声尤其漫漫。这幼儿园就是那老太太办的，都说她信教。

几乎每条胡同都有庙。僧人在胡同里静静地走，回到庙去沉沉地唱，那诵经声总让我看见夏夜的星光。睡梦中我还常常被一种清朗的钟声唤醒，以为是午后阳光落地的震响，多年以后我才找到它的来源。现在俄国使馆的位置，曾是一座东正教堂，我把那钟声和它联系起来时，它已被推倒。那时，寺庙多也消失或改作它用。

我的第一个校园就是往日的寺庙，庙院里松柏森森。那儿有个可怕的孩子，他有一种至今令我惊诧不解的能力，同学们都怕他，他说他第一跟谁好谁就会受宠若惊，说他最后跟谁好谁就会忧心忡忡，说他不跟谁好了谁就像被判离群的鸟儿。因为他，我学会了谄媚和防备，看见了孤独。成年以后，我仍能处处见出他的影子。

十八岁去插队，离开故乡三年。回来双腿残废了，找不到工作，我常独自摇了轮椅一条条再去走那些胡同。它们几乎没变，只是往日都到哪儿去了很费猜解。在一条胡同里我碰见一群老太太，她们用油漆涂抹着美丽的图画，我说我能参加吗？我便在那儿拿到平生第一份工资，我们整日涂抹说笑，对未来抱着过分的希望。

母亲对未来的祈祷，可能比我对未来的希望还要多，她在我们住的院子里种下一棵合欢树。那时我开始写作，开始恋爱，爱情使我的心魂从轮椅里站起来。可是合欢树长大了，母亲却永远离开了我，几年爱过我的那个姑娘也远去他乡，但那时她们已经把我培育得可以让人放心了。然后我的妻子来了，我把珍贵的以往说给她听，她说因此她也爱恋着我的这块故土。

我单不知，像鸟儿那样飞在不高的空中俯瞰那片密如罗网的胡同，会是怎样的景象？飞在空中而且不惊动下面的人类，看一条条胡同的延伸、连接、枝枝杈杈地漫展以及曲曲弯弯地隐没，是否就可以看见了命运的构造？

1994 年

我读一本小书 同时又读一本大书（节选）

沈从文

我能正确记忆到我小时的一切，大约在两岁左右。我从小到四岁左右，始终健全肥壮如一只小豚。四岁时母亲一面告给我认方字，外祖母一面便给我糖吃，到认完六百生字时，腹中生了蛔虫，弄得黄瘦异常，只得经常用草药蒸鸡肝当饭。那时节我就已跟随了两个姐姐，到一个女先生处上学。那人既是我的亲戚，我年龄又那么小，过那边去念书，坐在书桌边读书的时节较少，坐在她膝上玩的时间或者较多。

到六岁时，我的弟弟方两岁，两人同时出了疹子。时正六月，日夜总在吓人高热中受苦。又不能躺下睡觉，一躺下就咳嗽发喘。又不要人抱，抱时全身难受。我还记得我同我那弟弟两人当时皆用竹簟卷好，同春卷一样，竖立在屋中阴凉处。家中人当时业已为我们预备了两具小小棺木，搁在廊下。十分幸运，两人到后居然全好了。我的弟弟病后家中特别为他请了一个壮实高大的苗妇人照料，照料得法，他便壮大异常。我因此一病，却完全改了样子，从此不再与肥胖为缘，成了个小猴儿精了。

六岁时我已单独上了私塾。如一般风气，凡是老塾师在私塾中给予小孩子的虐待，我照样也得到了一份。但初上学时，我因为在家中业已认字不少，记忆力从小又似乎特别好，故比较其余小孩，可谓十分幸运。第二年后换了一个私塾，在这私塾中我跟从了几个较大的学生学会了顽劣孩子抵抗顽固塾师的方法，逃避那些书本枯燥文句去同一切自然相亲近。这一年的生活，形成了我一生性格与感情的基础。我间或逃学，且一再说谎，掩饰我逃学应受的处罚。我的爸爸因这件事十分愤怒，有一次竟说若再逃学说谎，便当砍去我一个手指。我仍然不为这一严厉警诫所恐吓，机会一来时总不把逃学的机会轻轻放过。当我学会了用自己眼睛看世界一切，到不同社会中去生活时，学校对于我便已毫无兴味可言了。

我爸爸平时本极爱我，我曾经有一时还作过我那一家的中心人物。稍稍害点病时，一家人便光着眼睛不睡眠，在床边服侍我，当我要谁抱时谁就伸出手来。家中那时经济情形还好，我在物质方面所享受到的，比起一般亲戚小孩似乎皆好得多。我的爸爸既一面只作将军的好梦，一面对于我却怀了更大的希望。他仿佛早就看出我不是个军人，不希望我作将军，却告给我祖父的许多勇敢光荣的故事，以及他庚子年间所得的一份经验。他因为欢喜京戏，只想我学戏，作谭鑫培。他以为我不拘作什么事，总之应比作个将军高些。第一个赞美我明慧的就是我的爸爸。可是当他发现了我成天从塾中逃出到太阳底下同一群小流氓游荡，任何方法都不能拘束这颗小小的心，且不能禁止我狡猾的说谎时，我的行为实在伤了这个军人的心。同时那小我四岁的弟弟，因为看护他的苗妇人照料十分得法，身体养育得强壮异常，年龄虽小，便显得气派宏大，凝静结实，且极自重自爱，故家中人对我感到失望时，对他便异常关切起来。这小孩子到后来也并不辜负家中人的期望，二十二岁时便作了步兵上校。至于我那个爸爸，却在蒙古、东北、西藏各处军队中混过，民国二十年（1931）时还只是一个上校，在本地土著军队里作军医（后改中医院长），把将军希望留在弟弟身上，在家乡从一种极轻微的疾病中便瞑目了。

我有了外面的自由，对于家中的爱护反觉处处受了牵制，因此家中人疏忽了我的生活时，反而似乎使我方便了好些。领导我逃出学塾，尽我到日光下去认识这大千世界微妙的光，希奇的色，以及万汇百物的动静，这人是我一个张姓表哥。他开始带我到他家中橘柚园中去玩，到城外山上去玩，到各种野孩子堆里去玩，到水边去玩。他教我说谎，用一种谎话对付家中，又用另一种谎话对付学塾，引诱我跟他各处跑去。即或不逃学，学塾为了担心学童下河洗澡，每到中午散学时，照例必在每人左手心中用朱笔写一大字，我们还依然能够一手高举，把身体泡到河水中玩个半天，这方法也亏那表哥想得出来。我感情流动而不凝固，一派清波给予我的影响实在不小。我幼小时较美丽的生活，大部分都与水不能分离。我的学校可以说是在水边的。我认识美，学会思索，水对我有极大的关系。我最初与水接近，便是那荒唐表哥领带的。

现在说来，我在作孩子的时代，原本也不是个全不知自重的小孩子。我并不愚蠢。当时在一班表兄弟中和弟兄中，似乎只有我那个哥哥比我聪明，我却比其他一切孩子解事。但自从那表哥教会我逃学后，我便成为毫不自重的人了。在各样教训各样方法管束下，我不欢喜读书的性情，从塾师方面，从家庭方面，从亲戚方面，莫不对于我感觉得无多希望。我的长处到那时只是种种的说谎。我非从学塾逃到外面空气下不可，逃学过后又得逃避处罚。我最先所学，同时拿来致用的，也就是根据各种经验来制作各种谎话。我的心总得为一种新鲜声音，新鲜颜色，新鲜气味而跳。我得认识本人生活以外的生活。我的智慧应当从直接生活上吸收消化，却不须从一本好书一句好话上学来。似乎就只这样一个原因，我在学塾中，逃学纪录点数，在当时便比任何一人都高。

离开私塾转入新式小学时，我学的总是学校以外的。到我出外自食其力时，又不曾在职务上学好过什么。二十岁后我“不安于当前事务，却倾心于现世光色，对于一切成例与观念皆十分怀疑，却常常为人生远景而凝眸”，这份性格的形成，便应当溯源于小时在私塾中的逃学习惯。

自从逃学成习惯后，我除了想方设法逃学，什么也不再关心。

有时天气坏一点，不便出城上山里去玩，逃了学没有什么去处，我就一个人走到城外庙里去。本地大建筑在城外计三十来处，除了庙宇就是会馆和祠堂。空地广阔，因此均为小手工业工人所利用。那些庙里总常常有人在殿前廊下绞绳子，织竹簟，做香，我就看他们做事。有人下棋，我看下棋。有人打拳，我看打拳。甚至于相骂，我也看着，看他们如何骂来骂去，如何结果。因为自己既逃学，走到的地方必不能有熟人，所到的必是较远的庙里。到了那里，既无一个熟人，因此什么事皆只好用耳朵去听，眼睛去看，直到看无可看听无可听时，我便应当设计打量我怎么回家去的方法了。

来去学校我得拿一个书篮。内中有十多本破书，由《包句杂志》《幼学琼林》，到《论语》《诗经》《尚书》，通常得背诵，分量相当沉重。逃学时还把书篮挂到手肘上，这就未免太蠢了一点。凡这么办的可以说是不聪明的孩子。许多这种小孩子，因为逃学到各处去，人家一见就认得出，上年纪一点的人见到时就会说："逃学的，赶快跑回家挨打去，不要在这里玩。"若无书篮可不必受这种教训。因此我们就想出了一个方法，把书篮寄存到一个土地庙里去，那地方无一个人看管，但谁也用不着担心他的书篮。小孩子对于土地神全不缺少必需的敬畏，都信托这木偶，把书篮好好的藏到神座龛子里去，常常同时有五个或八个，到时却各人把各人的拿走，谁也不会乱动旁人的东西。我把书篮放到那地方去，次数是不能记忆了的，照我想来，搁的最多的必定是我。

逃学失败被家中学校任何一方面发觉时，两方面总得各挨一顿打。在学校得自己把板凳搬到孔夫子牌位前，伏在上面受笞。处罚过后还要对孔夫子牌位作一揖，表示忏悔。有时又常常罚跪至一根香时间。我一面被处罚跪在房中的一隅，一面便记着各种事情，想象恰如生了一对翅膀，凭经验飞到各样动人事物上去。按照天气寒暖，想到河中的鳜鱼被钓起离水以后拨刺的情形，想到天上飞满风筝的情形，想到空山中歌呼的黄鹂，想到树木上累累的果实。由于最容易神往到种种屋外东西上去，反而常把处罚的痛苦忘掉，处罚的时间忘掉，直到被唤起以后为止，我就从不曾在被处罚中感觉过小小冤屈。那不是冤屈。我应感谢那种处罚，使我无法同自然接近时，给我一个练习想象的机会。

家中对这件事自然照例不大明白情形，以为只是教师方面太宽的过失，因此又为我换一个教师。我当然不能在这些变动上有什么异议。这事对我说来，倒又得感谢我的家中，因为先前那个学校比较近些，虽常常绕道上学，终不是个办法，且因绕道过远，把时间耽误太久时，无可托词。现在的学校可真很远很远了，不必包绕偏街，我便应当经过许多有趣味的地方了。从我家中到那个新的学塾里去时，路上我可看到针铺门前永远必有一个老人戴了极大的眼镜，低下头来在那里磨针。又可看到一个伞铺，大门敞开，作伞时十几个学徒一起工作，尽人欣赏。又有皮靴店，大胖子皮匠，天热时总腆出有一个大而黑的肚皮（上面有一撮毛！），用夹板绱鞋。又有个剃头铺，任何时节总有人手托一个小小木盘，呆呆的在那里尽剃头师傅刮脸。又可看到一家染坊，有强壮多力的苗人，踹在凹形石碾上面，站得高高的，手扶着墙上横木，偏左偏右的摇荡。又有三家苗人打豆腐的作坊，小腰白齿头包花帕的苗妇人，时时刻刻口上都轻声唱歌，一面引逗缚在身背后包单里的小苗人，一面用放光的红铜勺舀取豆浆。我还必须经过一个豆粉作坊，远远的就可听到骡子推磨隆隆的声音，屋顶棚架上晾满白粉条。我还得经过一些屠户肉案桌，可看到那些新鲜猪肉砍碎时尚在跳动不止。我还得经过一家扎冥器出租花轿的铺子，有白面无常鬼，蓝面阎罗王，鱼龙轿子，金童玉女。每天且可以从他那里看出有多少人接亲，有多少冥器，那些定做的作品又成就了多少，换了些什么式样。并且还常常停顿下来，看他们贴金，敷粉，涂色，一站许久。

我就欢喜看那些东西，一面看一面明白了许多事情。

每次到了溪边，有时候溪中涨了小小的水，就把裤管高卷，书篮顶在头上，一只手扶着，一只手照料裤子，在沿了城根流去的溪水中走去，直到水深齐膝处为止。学校在北门，我出的是西门，又进南门，再绕城里大街一直走去。在南门河滩方面我还可以看一阵杀牛，机会好时恰好正看到那老实可怜畜生放倒的情形。因为每天可以看一点点，杀牛的手续同牛内脏的位置不久也就被我完全弄清楚了。再过去一点就是边街，有织簟子的铺子，每天任何时节，皆有几个老人坐在门前小凳子上，用厚背的钢刀破篾，有两个小孩子蹲在地上织簟子。（我对于这一行手艺所明白的种种，现在说来似乎比写字还在行。）又有铁匠铺，制铁炉同风箱皆占据屋中，大门永远敞开着，时间即或再早一些，也可以看到一个小孩子两只手拉风箱横柄，把整个身子的分量前倾后倒，风箱于是就连续发出一种吼声，火炉上便放出一股臭烟同红光。待到把赤红的热铁拉出搁放到铁砧上时，这个小东西，赶忙舞动细柄铁锤，把铁锤从身背后扬起，在身面前落下，火花四溅的一下一下打着。有时打的是一把刀，有时打的是一件农具。有时看到的又是这个小学徒跨在一条大板凳上，用一把凿子在未淬水的刀上起去铁皮，有时又是把一条薄薄的钢片嵌进熟铁里去。日子一多，关于任何一件铁器的制造程序，我也不会弄错了。边街又有小饭铺，门前有个大竹筒，插满了用竹子削成的筷子。有干鱼同酸菜，用钵头装满放在门前柜台上，引诱主顾上门，意思好像是说："吃我，随便吃我，好吃！"每次我总仔细看看，真所谓"过屠门而大嚼"，也过了瘾。

我最欢喜天上落雨，一落了小雨，若脚下穿的是布鞋，即或天气正当十冬腊月，我也可以用恐怕湿却鞋袜为辞，有理由即刻脱下鞋袜赤脚在街上走路。但最使人开心事，还是落过大雨以后，街上许多地方已被水所浸没，许多地方阴沟中涌出水来，在这些地方照例常常有人不能过身，我却赤着两脚故意向深水中走去。若河中涨了大水，照例上游会漂流得有木头、家具、南瓜同其他东西，就赶快到横跨大河的桥上去看热闹。桥上必已经有人用长绳系了自己的腰身，在桥头上呆着，注目水中，有所等待。看到有一段大木或一件值得下水的东西浮来时，就踊身一跃，骑到那树上，或傍近物边，把绳子缚定，自己便快快的向下游岸边泅去，另外几个在岸边的人把水中人援助上岸后，就把绳子拉着，或缠绕到大石上大树上去，于是第二次又有第二人来在桥头上等候。我欢喜看人在洄水里扳罾，巴掌大的活鲫鱼在网中蹦跳。一涨了水，照例也就可以看这种有趣味的事情。照家中规矩，一落雨就得穿上钉鞋，我可真不愿意穿那种笨重钉鞋。虽然在半夜时有人从街巷里过身，钉鞋声音实在好听，大白天对于钉鞋我依然毫无兴味。

若在四月落了点小雨，山地里田塍上各处全是蟋蟀声音，真使人心花怒放。在这些时节，我便觉得学校真没有意思，简直坐不住，总得想方设法逃学上山去捉蟋蟀。有时没有什么东西安置这小东西，就走到那里去，把第一只捉到手后又捉第二只，两只手各有一只后，就听第三只。本地蟋蟀原分春秋二季，春季的多在田间泥里草里，秋季的多在人家附近石罅里瓦砾中，如今既然这东西只在泥层里，故即或两只手心各有一匹小东西后，我总还可以想方设法把第三只从泥土中赶出，看看若比较手中的大些，即开释了手中所有，捕捉新的，如此轮流换去，一整天仅捉回两只小虫。城头上有白色炊烟，街巷里有摇铃铛卖煤油的声音，约当下午三点左右时，赶忙走到一个刻花板的花木匠那里去，很兴奋的同那木匠说：

“师傅师傅，今天可捉了大王来了！”

那木匠便故意装成无动于衷的神气，仍然坐在高凳上玩他的车盘，正眼也不看我的说：“不成，不成，要打打得赌点输赢！”

我说：“输了替你磨刀成不成？”

“嗨，够了，我不要你磨刀，你哪会磨刀？上次磨凿子还磨坏了我的家伙！”

这不是冤枉我，我上次的确磨坏了他一把凿子。不好意思再说磨刀了，我说：

“师傅，那这样办法，你借给我一个瓦盆子，让我自己来试试这两只谁能干些好不好？”我说这话时真怪和气，为的是他以逸待劳，不允许我，还是无办法。

那木匠想了想，好像莫可奈何才让步的样子：“借盆子得把战败的一只给我，算作租钱。”

我满口答应：“那成那成。”

于是他方离开车盘，很慷慨的借给我一个泥罐子，顷刻之间我就只剩下一只蟋蟀了。这木匠看看我捉来的虫还不坏，必向我提议：“我们来比比。你赢了我借你这泥罐一天；你输了，你把这蟋蟀给我。办法公平不公平？”我正需要那么一个办法，连说“公平公平”，于是这木匠进去了一会儿，拿出一只蟋蟀来同我的斗，不消说，三五回合我的自然又败了。他的蟋蟀照例却常常是我前一天输给他的。那木匠看看我有点颓丧，明白我认识那匹小东西，担心我生气时一摔，一面赶忙收拾盆罐，一面带着鼓励我的神气笑笑说：

“老弟，老弟，明天再来，明天再来！你应当捉好的来，走远一点。明天来，明天来！”

我什么话也不说，微笑着，出了木匠的大门，回家了。

这样一整天在为雨水泡软的田塍上乱跑，回家时常常全身是泥，家中当然一望而知，于是不必多说，沿老例跪一根香，罚关在空房子里，不许哭，不许吃饭。等一会儿我自然可以从姐姐方面得到充饥的东西。悄悄的把东西吃下以后，我也疲倦了，因此空房中即或再冷一点，老鼠来去很多，一会儿就睡着，再也不知道如何上床的事了。

即或在家中那么受折磨，到学校去时又免不了补挨一顿板子，我还是在想逃学时就逃学，决不为处罚所恐吓。

有时逃学又只是到山上去偷人家园地里的李子枇杷，主人拿着长长的竹竿子大骂着追来时，就飞奔而逃，逃到远处一面吃那个赃物，一面还唱山歌气那主人。总而言之，人虽小小的，两只脚跑得很快，什么茨棚里钻去也不在乎，要捉我可捉不到，就认为这种事比学校里游戏还有趣味。

可是只要我不逃学，在学校里我是不至于像其他那些人受处罚的。我从不用心念书，但我从不在应当背诵时节无法对付。许多书总是临时来读十遍八遍，背诵时节却居然琅琅上口，一字不遗。也似乎就由于这份小小聪明，学校把我同一般同学一样待遇，更使我轻视学校。家中不了解我为什么不想上进，不好好的利用自己聪明用功，我不了解家中为什么只要我读书，不让我玩。我自己总以为读书太容易了点，把认得的字记记那不算什么希奇。最希奇处，应当是另外那些人，在他那份习惯下所做的一切事情。为什么骡子推磨时得把眼睛遮上？为什么刀得烧红时在盐水里一淬方能坚硬？为什么雕佛像的会把木头雕成人形，所贴的金那么薄又用什么方法作成？为什么小铜匠会在一块铜板上钻那么一个圆眼，刻花时刻得整整齐齐？这些古怪事情实在太多了。

我生活中充满了疑问，都得我自己去找寻解答。我要知道的太多，所知道的又太少，有时便有点发愁。就为的是白日里太野，各处去看，各处去听，还各处去嗅闻，死蛇的气味，腐草的气味，屠户身上的气味，烧碗处土窑被雨以后放出的气味，要我说来虽当时无法用言语去形容，要我辨别却十分容易。蝙蝠的声音，一只黄牛当屠户把刀剸进它喉中时叹息的声音，藏在田塍土穴中大黄喉蛇的鸣声，黑暗中鱼在水面拨剌的微声，全因到耳边时分量不同，我也记得那么清清楚楚。因此回到家里时，夜间我便做出无数希奇古怪的梦。经常是梦向天上飞去，一直到金光闪烁中，终于大叫而醒。这些梦直到将近二十年后的如今，还常常使我在半夜里无法安眠，既把我带回到那个“过去”的空虚里去，也把我带往空幻的宇宙里去。

在我面前的世界已够宽广了，但我似乎就还得一个更宽广的世界。我得用这方面得到的知识证明那方面的疑问。我得从比较中知道谁好谁坏。我得看许多业已由于好询问别人，以及好自己幻想所感觉到的世界上的新鲜事情新鲜东西。结果能逃学时我逃学，不能逃学我就只好做梦。

照地方风气说来，一个小孩子野一点的，照例也必须强悍一点，才能各处跑去。因为一出城外，随时都会有一样东西突然扑到你身边来，或是一只凶恶的狗，或是一个顽劣的人。无法抵抗这点袭击，就不容易各处自由放荡。一个野一点的孩子，即或身边不必时时刻刻带一把小刀，也总得带一削光的竹块，好好的插到裤带上；遇机会到时，就取出来当作武器。尤其是到一个离家较远的地方看木傀儡戏，不准备厮杀一场简直不成。你能干点，单身往各处去，有人挑战时，还只是一人近你身边来恶斗，若包围到你身边的顽童人数极多，你还可挑选同你精力不大相差的一人。你不妨指定其中一个说：

“要打吗？你来。我同你来。”

照规矩，到时也只那一个人拢来。被他打倒，你活该，只好伏在地上尽他压着痛打一顿。你打倒了他，他活该。把他揍够后，你可以自由走去，谁也不会追你，只不过说句“下次再来”罢了。

可是你根本上若就十分怯弱，即或结伴同行，到什么地方去时，也会有人特意挑出你来殴斗，应战你得吃亏，不答应你得被仇人与同伴两方奚落，顶不经济。

感谢我那爸爸给了我一分勇气，人虽小，到什么地方去我总不害怕。到被人围上必须打架时，我能挑出那些同我不差多少的人来，我的敏捷同机智，总常常占点上风。有时气运不佳，不小心被人摔倒，我还会有方法翻身过来压到别人身上去。在这件事上，我只吃过一次亏，不是一个小孩，却是一只恶狗，把我攻倒后，咬伤了我一只手。

我走到任何地方去都不怕谁。同时因换了好些私塾，各处皆有些同学，大家既都逃过学，便有无数朋友，因此也不会同人打架了。可是自从被那只恶狗攻倒过一次以后，到如今，我却依然十分怕狗。

寄宿舍生活的回忆

丰子恺

寄宿舍生活给我的印象，犹如把数百只小猴子关闭在个大笼子中，而使之一齐饮食，一齐起卧。小猴子们怎不闹出种种可笑的把戏来呢？十多年前，我也曾做了一只小猴子而在杭州第一师范学校[1]的大笼子中度过五年可笑的生活。现在回想起来，饭厅里把戏最为可笑。

生活程度增高，物价腾贵，庶务先生精明，厨房司务调皮，加之以青年学生的食欲昂进，夹大夹小七八个毛头小伙子，围住一张板桌，协力对付五只高脚碗里的浅零零的菜蔬，真有“老虎吃蝴蝶”之势。菜蔬中整块的肉是难

---

① 指在杭州的浙江省立第一师范学校。

得见面的。一碗菜里露出疏疏的几根肉丝，或一个蛋边添配一朵肉酱，算是席上的珍品了。倘有一个人大胆地开始向这碗里叉了一筷，立刻便有十多只筷子一齐凑集在这碗菜里，八面夹攻，大有致它死命的气概。我是一向不吃肉的，没有尝到这种夹攻的滋味。但食后在盥洗处，时常听见同学们的不平之语。有的人说："这家伙真厉害，他拿筷子在菜面上掉一个圈子，所有的肉丝便结集在他的筷子上，被他一筷子夹去了。"又有的人说："那家伙坏透了。他把筷子从蛋黄旁边斜插进去，向底下挖取。上面看来蛋黄不曾动弹，其实底下的半个蛋黄已被挖空，剩下的只是蛋黄的一张壳了。"

有时众目所注意的，是一段鲞鱼。这种鲞鱼在家庭的厨房里是极粗末的东西，在当时卖起来不过两三个铜板一段。但在我们的桌面上，真同山珍海味一般可贵。因为它又咸又腥，夹得到一粒，可以送下三四口饭呢。不幸而这种鲞鱼大都是石硬的。厨房司务又要省柴，蒸得半生不熟。筷子头上不曾装着刀锯。两根平头的毛竹对付这段带皮连骨的石硬的鲞鱼，真非用敏捷的手法不可。我向来拙于用筷的手法。有一时期又听信了一个经济腕力的同学的意见，让右手专司握笔而改用左手拿筷，手法便更加拙劣。偏偏这碗鲞鱼常不放在我的面前，而远远地放在桌的对面。我总要千难万试，候着适当的机会，看中了鲞鱼的一角而下箸。一夹不动，再夹，三夹又不动。别人的筷子已经跃跃欲试地等候在我的手臂的两旁，犹如马路口的车子的等候绿灯了。我不好尽管阻碍交通，只得拉了一片鲞皮回来。有时连夹了四五次，竟连鲞皮都不得一条；而等候开放的人的眼，又都注集在我的筷头，督视着我的演技。空筷子缩回来太没有面子。但到底没有办法，我只得红着脸孔，蘸一些鲞汤回来，也送下了一口白饭。

这原是我的技巧拙劣的原故。饭厅中的人大都眼明手快，当食不让，像我这样拙劣而退缩的人是少数。有的人一顿要吃十来碗饭。吃到本桌上的菜蔬碗底只只向天的时候，他们便转移到有剩菜的邻桌上去吃。吃其余不足，又顾而之他，好像逐水草而转移的游牧之民。又有大食量而兼大胖子的人，舍监先生编排膳厅坐位时，倘把这大胖子编定在某席上，与他同坐一边的人就多不平了。饭厅上的板桌比较普通家庭间的八仙桌狭小得多。在最伟大的胖子，原来只合独占一边；他占据了一边的三分之二，把其余的三分之一让给同坐一边的瘦子，已经是客气了。然而那瘦子便抱不平。瘦子的不平也是难怪的。因为这不是暂时之事，膳厅的坐位一经舍监先生编定之后，同坐一边的两人犹如经过了正式结婚的夫妇，不由你任意离开了。一日三餐，一学期一百三五十日，共约四百余餐，要餐餐偎傍了一个大胖子而躲在桌角上吃饭，原是人情所难堪的事。况且吃饭一事实在过于重大，据我所闻，暂时同吃一席喜酒，亦有因侵占座位而起口角的事：我的故乡石门地方，有一位吃亏不起的先生，赴亲友家吃喜酒，恰巧和一个老实不客气的大胖子同坐在桌的一边。那大胖子独占了桌边的三分之二，这吃亏不起的先生就向他开口："老兄，你送多少喜仪？"大胖子一时不懂他的意思，率尔而对曰："我送四角。"那人接着说道："原来你也只送四角，我道你是送六角的。"我们饭厅里的瘦子并未责问大胖子缴多少膳费，究竟是在受教育的人，客气得多。

我们的饭厅里，着实是可称为客气的。我们守着这样的礼仪：用膳完毕的时候，必须举起筷子，向着同桌未用毕的人画一个圈子用以代表"慢用"。未用毕的人也须用筷子向他一点，用以代表"用饱"。桌桌如此，餐餐如此。就是在五只菜碗底都向天，未毕的人无可慢用，已毕的人不曾用饱的时候，这礼仪也遵行不废。但是，一群猴子关闭在一个笼子里，客气也有客气的可笑。举动轻率的青年想把筷子伸向左方的一碗中去夹菜，忽又看中了右方的一碗菜，中途把筷子绕回右方，不期地在桌面上画了一个圈子。其余的人当他是行“慢用”的礼，大家用筷子来向他乱点。结果满座发出一种说不出的笑声。又有举动孟浪的孩子只管急忙地划饭，不提防饭粒滚进了气管，咳嗽出一大口和菜嚼碎了的饭粒来，分播在公用的菜碗里，又惹起一种说不出的笑声。

据我的妻子所说，她在某女学校中做寄宿生的时候，饭堂里的礼仪比我们更为严重。同桌的八个人，膳毕须等了一同散去，不得先走。据她说，吃得快而等候别人，不过对着残盘多坐一下，还不算苦；苦的是吃得慢而被人等候的人。倘守了末位，更加难堪。其余七个人都已用毕，环坐在你的面前，二七十四只眼睛熀熀地注视你的举动，看你夹菜，看你划饭，看你咀嚼，看你咽下去。十目所视已经严了，何况十四只眼睛的注视！这结果，吃亏了娇养惯的姑娘，便宜了厨房老板。（她的学校是由校长先生家里包饭的。）在家庭间娇养惯的姑娘吃饭大都是一粒一粒地咀嚼的。她们到这学校里来吃饭，最是吃亏。别人放下碗筷的时候，她还没有吃完一碗饭。在十几只眼睛的监视之下，不好意思从容地添饭，只得饿着肚子走开了。大家怕守末位，只得大家少吃些，这就便宜了厨房老板（即校长先生）。

总之，饭厅里种种可笑的把戏，都由于共食而发生。倘改了分食，我们的饭厅里就寂寞了。各人各吃一份，吃肉丝不必用筷掉圈子，吃蛋无须向底下挖，吃鲞的艰辛也可免除。大食量的人无处游牧，大胖子不致受人讨嫌，那种说不出的笑声也没有了。我们习惯了共食，以为吃饭当然如此；但根本地想来，这办法实在有些稀奇，而且颇不妥当。我们的吃饭是以饭为主体而菜蔬为补助的。这仿佛馒头，主体是面，而由馅补助面的滋味。但馒头中的主体和补助物各有相当的分量，由做馒头的人配好了给我们吃。吃饭则并不配好，而一任吃者临时自己配合。但又不是一餐一餐地配合，也不是一碗一碗地配合，而是一口一口地配合的。划进一口饭，从口中抽出筷子，插进公用的菜碗里，夹取一菜，再送进口中。这办法稀奇得带些野蛮。有洁癖的人自备专用的碗筷，每餐随身携带。却不知共食的时候，七八双筷子从七八只口中到公用的菜碗里要往返数十百次。每碗菜里都已混着各人的唾液了。像我们的饭厅里的小弟弟们，有时竟把嚼碎了的饭屑由筷子带到公用的菜碗里，搅匀了给各人分吃呢。共食的办法在家庭间也许可行，但在我们的饭厅中，行之便有种种可笑的把戏。因为一桌中的和平，全靠各人的公德和良心而维持。共食者要个个是恪守礼仪的道学先生也许可以没事。但我们是关闭在大笼子中的小猴子，不像群狗地狂吠而争食，还算是客气的啊！

饭厅上的可笑由于合并而来，宿舍里的可笑则由于分别而生。住的地方和睡的地方，分别为二处。数百学生，每晚像羊群一般地被驱逐到楼上的寝室内，强迫他们同时睡觉；每晨又强迫他们同时起身，一齐驱逐到楼下的自修室中。明月之夜，倘在校庭中多流连了一会，至少须得暗中摸索而就寝；甚或蒙舍监的谴责，被视为学校中的犯法行为。严冬之晨，倘在被窝里多流连了一会，就得牺牲早饭，或被锁闭在寝室总门内。照这制度的要求，学生须同畜生一样，每天一律放牧，一律归牢，不许一只离群而独步。那宿舍的模样，就同动物园一般。一条长廊之中，连续排列着头二十间寝室的门。门的形状色彩完全相同。每一寝室内排列着三六十八只板床，床的形状也完全相同。各室中的布置又完全相同。你倘若被编排在靠近长廊首尾的几间寝室中，还容易认识。但我不幸而常被编排在中段的几间寝室中，就寝时便不易从形式上认自己的房间。寝室的门上，原有寝室号码。旁边又挂着室内的寄宿生的姓名表，宛如动物园内的笼上的标札。白天要找寻自己的寝室，原可按着号码或姓名表而探索；但长廊的两端的寝室总门，白天是锁闭的。我们入寝室的时间总是黑夜九点半钟。这时候每室内开一盏电灯，长廊的两端的扶梯上面也各有一盏电灯。但灯光极弱，寝室号码是不易辨认的。我只能跟随同寝室的人，或牢记门口一只床内的被褥的色彩和花纹，以为自己的寝室的记号。倘这位睡在门口的朋友一朝换了被头，我便一时失迷，须得张皇逡巡了一会然后发见自己的窠巢。找到了自己的床，赶快脱衣就睡。不久寝室内就变成黑暗的世界了。长廊两端的两盏电灯原是通夜不熄的。长廊内依旧有光。但中段的寝室门外，所受的光度很是微弱了。倘不是月明之夜，熄灯后在寝室内只看见开向长廊内的玻璃窗的微明的方格，此外更无一线光明了。这在翻进床里就打眠鼾的人也许不觉得苦；但我在青年时代，向有不易入睡的习癖。因为不易入睡，就欢喜停火[①]。倘先熄了灯，我便辗转不能成寐，要直到更深人

① 停火，作者家乡方言，指保留灯火不熄。

倦，然后瞑目。但次日不能早起，须得放弃早膳，或被锁闭，或受舍监先生的责罚了。所以我初到这学校来做寄宿生的时候，曾为了这个习癖而受不少的苦恼。曾记那时候，我对于自己的习癖异常执着。我心中常痛恨学校生活的无理，而庇护自己的习癖。有一次我看到洪北江的文句“夜寝列烛，求其悦魂”①，以为我自己的习癖暗合于古人的意见，便非常高兴。现在，我已改为日出而起日入而息的生活，灯火在我几乎无用了。但回忆青年时代所憧憬的文句，仍觉得可爱。上次我到上海，曾专为这文句而买了一部《八大家骈文钞》。

宿舍中的可笑的把戏，就在我辗转不寐的时候演出来了。小便的桶放在长廊两端扶梯上头的电灯下面。约莫十一二点钟，头一忽困醒的时候，就听见邻室中有人起来小便。死一般沉寂的宿舍中，寝室门“呀”的一声，长廊内就有仓皇出奔似的脚步声。“腾腾腾腾”地越响越远，终于消失了。不久这声音又起，越响越近，寝室门“呀”的一声，又沉寂了。忽然我们的寝室内起了一种惊骇的呼叫声。“啊唷，啊唷！”“哪一个？哪一个？”邻床的人被他

① 语出清代经学家、文学家洪亮吉的《与崔礼卿书》。其人善写骈文，“北江”是他的号。

们扰醒，继续就有答话之声和笑声。原来邻室中赴小便回来的人睡眼蒙眬，认错了一扇门，误进了我们的寝室，急忙把身子钻进同样位置的眠床中，却压在别人的身上，就把那人从睡梦中吓醒，两人都惊喊起来，演成这幕深夜的趣剧。因为我们虽被豢养在这动物园里，但实际上并未具有狗鼻子一般灵敏的嗅觉，或猫眼睛一般锋利的视觉，故在暗夜中便会误认自己的窠巢。明天的自修室中就添了一种谈笑的资料。

自修室就在寝室的楼下，也是向着长廊中开门的。每室容二十四人，两人共用一桌，两桌相对四人为一团，一室共六团。六团在室中的布置，依照骰子上的六点的式样。室室都如此。每天晚上七时至九时之间，四五百人都在埋头自修的时候，你倘不想起这是我们的学校的宿舍，而走到长廊中去观望各室的光景，一定要错认这是一大嘈杂的裁缝工场。我最初加入这生活中的时候，非常不惯，觉得这里面实在只宜于缝工。缝工可以一面缝纫，而一面听人说话或和人谈天。要我在这里面读书，我只得先拿钢笔尖来刺聋自己的耳朵。耳朵终于没有刺，但后来自然变成聋子一般，也会在别人揶揄谈笑的旁边看书或演习算草了。有时对座的五年级生拉着高调而朗读《古文观止》，同时出劲地抖他的腿，我对于他的高调也可以置若罔闻，不过算草簿子上添了许多曲线组成的阿拉伯字。

寄宿舍中的自由乡是调养室。所以调养室中常常人满。虽经舍监和校医严格地限制，但入调养室的人依然很多。我也曾一入这自由乡。觉得调养室的生活比较宿舍的生活，一软一硬，一宽一猛，一温一寒。那里的床铺和桌椅的位置，可以自由改动，不拘一定的形状。起居可以随意早晚，不受铃声的支配。舍监先生不来点名，上课了可以堂皇地缺席。最舒服的，病人可以公然地叫厨子做些爱吃的菜蔬，或叫斋夫生个炭炉来自煮些私菜。这不但病人舒服，病人的同乡或知友们也可托这病人的福而来调养室中享受几顿丰富、舒泰、温暖的晚餐。故病势轻微而病状显著的病是我们所盼望的。发疟的人最幸福了。疟的发作，不管寝室的总门开不开，立刻要来拥被而卧。这真是入调养室的最正当又最有力的理由。而且入室以后，在疟势不发作的时间，欢喜上的课依旧可以去上，不欢喜上的课可以公然不到。这真是学生的幸福病！我的入调养室也是托发疟的福。不幸而疟疾就愈；但我又迁延了几天而出室。出室之后，我想：下次倘得发疟，我决不肯服金鸡纳霜了。

四五百只小猴子关闭在大笼子中，所演的可笑的把戏多得很呢。但我已不能一一记忆当时的详情了。现在我跳出了笼子而在回忆中旁观当时笼内的生活，觉得可笑。但当身在笼中的时候，只觉得可悲与可怕。我初入学校，曾经一两个月的不快与悲哀。我不惯于这笼中的猴子的生活，而眷恋我的庭帏。自念从此以后，只有在年假和暑假的二三个月内得在家中做人，其余大部分的日月是做猴子的时间了。但为了求学，这又是不可避免的事。求学必须如此的吗？这疑团在我的心中始终不释。

到现在，我脱离学生生活已经十三四年了。但昔日的疑团在我心中依然不去。那种可悲可怕的感情，也依旧可以再现。我每逢看到了或想起了关于学生生活的状况，犹如惊弓之鸟，总觉得害怕。上回我到上海，赴某学校访问一位在那里做教师的朋友，蒙他引导我到他的卧室中去谈话。通过学生宿舍的时候，我看见一个开着门的寝室中，排列着许多床铺，一律上起蚊帐，叠好被头。地板上只有极整齐的板缝的并行线，没有半点东西，很像图书馆的藏书室，全不像人所住宿的地方。当我通过这寝室门口的时候，我的朋友对我说："这里的宿舍办得还整齐呢，你看！”我漫应了一声。但想起他这句话的代价，十多年前在母亲膝前送尽了愉逸的假期而重到学校宿舍中时所感到的那种黯然的情绪再现在我的心头了。又如这一回，我结束了母亲的葬事，为了要写这些稿子，匆匆离开故乡，回到嘉兴的寺院一般静寂的寓居中。同舟的有两个孩子和我姐的儿子——立达学园高中科学生周志道君。他因为寒假期满，故来我家送了他的外祖母的葬，便搭了我的船，同到嘉兴，预备次日乘火车赴江湾上学。我在舟中非常愉快。因为我已经结束了平生最后的一件大事，现在是坐了自己独雇的船，悠悠地开到我所欢喜的寺院一般静寂的寓居中。但对着同舟的青年又感到黯然的情绪。因为我用自己的心来推度他的心，觉得他现在是在他母亲膝前送尽了愉逸的假期而整装赴校，又将开始我所认为可悲可怕的寄宿舍生活了。故到寓的第一日，我的兴味为他减杀了一半。我似又不便要他一同享乐我的家庭生活。例如在火炉上煨些年糕，煎些茶，或向园地里拔些萝卜，割些黄芽菜，是我的家庭中的无上的乐趣。但想起了我的外甥不能长久和我们共乐而且此去将开始严格的学生生活，我的兴趣就被对他的同情所阻抑，不能充分地展开了。——虽然我明知道他对于家庭生活和学校生活的感情不一定和我一样。但这好比闲步于车站之旁，在栅栏外面旁观急急忙忙地上车下车的旅客。对他们摆出悠闲的态度来，似乎是残忍的行为。

1931年2月13日于嘉兴

九年的家乡教育（节选）

胡适

一

我父亲死时，我母亲只有二十三岁。我父初娶冯氏，结婚不久便遭太平天国之乱，同治二年（1863）死在兵乱里。次娶曹氏，生了三个儿子，三个女儿，死于光绪四年（1878）。我父亲因家贫，又有志远游，故久不续娶。到光绪十五年（1889），他在江苏候补，生活稍稍安定，他才续娶我的母亲。我母亲结婚后三天，我的大哥嗣稼也娶亲了。那时我的大姊已出嫁生了儿子。大姊比我母亲大七岁。大哥比她大两岁。二姊是从小抱给人家的。三姊比我母亲小三岁，二哥三哥（孪生的）比她小四岁。这样一个家庭里忽然来了一个十七岁的后母，她的地位自然十分困难。她的生活自然免不了苦痛。

结婚后不久，我父亲把她接到上海同住。她脱离了大家庭的痛苦，我父又很爱她，每日在百忙中教她认字读书，这几年的生活是很快乐的。我小时也很得父亲钟爱，不满三岁时，他就把教我母亲的红纸方字教我认。父亲作教师，母亲便在旁作助教。我认的是生字，她便借此温她的熟字。他太忙时，她就是代理教师。这些方字都是我父亲亲手写的楷字，我母亲终身保存着，因为这些方块红笺上都是我们三个人的最神圣的团居生活的纪念。

我母亲二十三岁就做了寡妇，从此以后，又过了二十三年。这二十三年的生活真是十分苦痛的生活，只因为还有我这一点骨血，她含辛茹苦，把全副希望寄托在我的渺茫不可知的将来，这一点希望居然使她挣扎着活了二十三年。

我父亲在临死之前两个多月，写了几张遗嘱，我母亲和四个儿子每人各有一张，每张只有几句话。给我母亲的遗嘱上说穈儿（我的名字叫嗣穈，“穈”字音门）天资聪明，应该令他读书。给我的遗嘱也教我努力读书上进。这寥寥几句话在我的一生很有重大的影响。我十一岁的时候，二哥和三哥都在家，有一天我母亲问他们道：

“穈今年十一岁了。你老子叫他念书。你们看看他念书念得出吗？”二哥不肯开口，三哥冷笑道：“哼，念书！”二哥始终没有说什么。我母亲忍气坐了一会，回到房里才敢掉眼泪。她不敢得罪他们，因为一家的财政权全在二哥的手里，我若出门求学是要靠他供给学费的。所以她只能掉眼泪，终不敢哭。

但父亲的遗嘱究竟是父亲的遗嘱，我是应该念书的。况且我小时很聪明，四乡的人都知道三先生的小儿子是能够念书的。所以隔了两年，三哥往上海医肺病，我就跟他出门求学了。

二

回家乡时，我号称五岁了，还不能跨一个七八寸高的门槛。但我母亲望我念书的心很切，故到家的时候，我才满三岁零几个月，就在我四叔父介如先生（名玠）的学堂里读书了。我的身体太小，他们抱我坐在一只高凳子上面。我坐上了就爬不下来，还要别人抱下来。但我在学堂并不算最低级的学生，因为我进学堂之前已认得近一千字了。

因为我的程度不算“破蒙”的学生，故我不须念《三字经》《千字文》《百家姓》《神童诗》一类的书。我念的第一部书是我父亲自己编的一部四言韵文，叫做《学为人诗》，他亲笔抄写了给我的。这部书说的是做人的道理。我把开头几行抄在这里：

为人之道，在率其性。
子臣弟友，循理之正；
谨乎庸言，勉乎庸行；
以学为人，以期作圣。
……

以下分说五伦。最后三节，因为可以代表我父亲的思想，我也抄在这里：

五常之中，不幸有变，
名分攸关，不容稍紊。
义之所在，身可以殉。
求仁得仁，无所尤怨。

古之学者，察于人伦，

因亲及亲，九族克敦；
因爱推爱，万物同仁。
能尽其性，斯为圣人。

经籍所载，师儒所述，
为人之道，非有他术；
穷理致知，返躬践实，
黾勉于学，守道勿失。

我念的第二部书也是我父亲编的一部四言韵文，名叫《原学》，是一部略述哲理的书。这两部书虽是韵文，先生仍讲不了，我也懂不了。

我念的第三部书叫做《律诗六抄》，我不记得是谁选的了。三十多年来，我不曾重见这部书，故没有机会考出此书的编者；依我的猜测，似是姚鼐的选本，但我不敢坚持此说。这一册诗全是律诗，我读了虽不懂得，却背的很熟。至今回忆，却完全不记得了。

我虽不曾读过《三字经》等书，却因为听惯了别的小孩子高声诵读，我也能背这些书的一部分，尤其是那五七言的《神童诗》我差不多能从头背到底。这本书后面的七言句子，如：

人心曲曲弯弯水，

世事重重叠叠山。

我当时虽不懂得其中的意义，却常常嘴上爱念着玩，大概也是因为喜欢那些重字双声的缘故。

我念的第四部书以下，除了《诗经》，就都是散文了。我依诵读的次序，把这些书名写在下面：

（4）《孝经》。

（5）朱子的《小学》，江永集注本。

（6）《论语》。以下四书皆用朱子注本。

（7）《孟子》。

（8）《大学》与《中庸》。（四书皆连注文读。）

（9）《诗经》，朱子集传本。（注文读一部分。）

（10）《书经》，蔡沈注本。（以下三书不读注文。）

（11）《易经》，朱子本义本。

（12）《礼记》，陈澔注本。

读到了《论语》的下半部，我的四叔父介如先生选了颍州府阜阳县的训导，要上任去了，就把家塾移交给族兄禹臣先生（名观象）。四叔是个绅董，常常被本族或外村请出去议事或和案子；他又喜欢打纸牌（徽州纸牌，每副一百五十五张），常常被明达叔公、映基叔、祝封叔、茂张叔等人邀去打牌。所以我们的功课很松，四叔往往在出门之前，给我们“上一进书”，叫我们自己念；他到天将黑时，回来一趟，把我们的习字纸加了圈，放了学，才又出门去。

四叔的学堂里只有两个学生，一个是我，一个是四叔的儿子嗣秫，比我大几岁。嗣秫承继给瑜婶。（星五伯公的二子，珍伯瑜叔，皆无子，我家三哥承继珍伯，秫哥承继瑜婶。）她很溺爱他，不肯管束他，故四叔一走开，秫哥就溜到灶下或后堂去玩了。（他们和四叔住一屋，学堂在这屋的东边小屋内。）我的母亲管的严厉，我又不大觉得念书是苦事，故我一个人坐在学堂里温书念书，到天黑才回家。

禹臣先生接收家塾后，学生就增多了。先是五个，后来添到十多个，四叔家的小屋不够用了，就移到一所大屋——名叫来新书屋——里去。最初添的三个学生，有两个是守瓒叔的儿子，嗣昭，嗣逵。嗣昭比我大两三岁，天资不算笨，却不爱读书，最爱“逃学”，我们土话叫做“赖学”。他逃出去，往往躲在麦田或稻田里，宁可睡在田里挨饿，却不愿念书。先生往往差嗣秫去捉；有时候，嗣昭被捉回来了，总得挨一顿毒打；有时候，连嗣秫也不回来了，——乐得不回来，因为这是“奉命差遣”，不算是逃学！

我常觉得奇怪，为什么嗣昭要逃学？为什么一个人情愿挨饿挨打，挨大家笑骂，而不情愿念书？后来我稍懂得世事，才明白了。瓒叔自小在江西做生意，后来在九江开布店，才娶妻生子；一家人都说江西话，回家乡时，嗣昭弟兄都不容易改口音；说话改了，而嗣昭念书常带江西音，常常因此吃戒方或吃“作瘤栗”（钩起五指，打在头上，常打起瘤子，故叫做“作瘤栗”）。这是先生不原谅，难怪他不愿念书。

还有一个原因。我们家乡的蒙馆学金太轻，每个学生每年只送两块银元。先生对于这一类学生，自然不肯耐心教书，每天只教他们念死书，背死书，从来不肯为他们“讲学”。小学生初念有韵的书，也还不十分叫苦。后来念《幼学琼林》，“四书”一类的散文，他们自然毫不觉得有趣味，因为全不懂得书中说的是什么。因为这个缘故，许多学生常常赖学；先有嗣昭，后来有个士祥，都是有名的“赖学坯”。他们都属于这每年两元钱的阶级。因为逃学，先生生了气，打的更厉害。越打的厉害，他们越要逃学。

我一个人不属于这“两元”的阶级，我母亲渴望我读书，故学金特别优厚，第一年就送六块钱，以后每年增加，最后一年加到十二元。这样的学金，在家乡要算“打破纪录”的了。我母亲大概是受了我父亲的叮咛，她嘱托四叔和禹臣先生为我“讲书”：每读一字，须讲一字的意思；每读一句，须讲一句的意思。我先已认得了近千个方字，每个字都经过父母的讲解，故进学堂之后，不觉得很苦。念的几本书虽然有许多是乡里先生讲不明白的，但每天总遇着几句可懂的话。我最喜欢朱子《小学》里的记述古人行事的部分，因为那些部分最容易懂得，所以比较最有趣味。同学之中有念《幼学琼林》的，我常常帮他们的忙，教他们不认得的生字，因此常常借这些书看，他们念大字，我却最爱看《幼学琼林》的小注，因为注文中有许多神话和故事，比“四书”“五经”有趣味多了。

有一天，一件小事使我忽然明白我母亲增加学金的大恩惠。一个同学的母亲来请禹臣先生代写家信给她的丈夫，信写成了，先生交她的儿子晚上带回家去。一会儿，先生出门去了，这位同学把家信抽出来偷看。他忽然过来问我道："糜，这信上第一句'父亲大人膝下'是什么意思？"他比我只小一岁，也念过"四书"，却不懂"父亲大人膝下"是什么！这时候，我才明白我是一个受特别待遇的人，因为别人每年出两块钱，我去年却送十块钱。我一生最得力的是讲书：父亲母亲为我讲方字，两位先生为我讲书。念古文而不讲解，等于念"揭谛揭谛，波罗揭帝"，全无用处。

三

当我九岁时，有一天我在四叔家东边小屋里玩耍。这小屋前面是我们的学堂，后边有一间卧房，有客来便住在这里。这一天没有课，我偶然走进那卧房里去，偶然看见桌子下一只美孚煤油板箱里的废纸堆中露出一本破书。我偶然捡起了这本书，两头都被老鼠咬坏了，书面也扯破了。但这一本破书忽然为我开辟了一个新天地，忽然在我的儿童生活史上打开了一个新鲜的世界！

这本破书原来是一本小字木版的《第五才子》，我记得很清楚，开始便是"李逵打死殷天锡"一回。我在戏台上早已认得李逵是谁了，便站在那只美孚破板箱边，把这本《水浒传》残本一口气看完了。不看尚可，看了之后，我的心里很不好过：这一本的前面是些什么？后面是些什么？这两个问题，我都不能回答，却最急要一个回答。

我拿了这本书去寻我的五叔，因为他最会“说笑话”（“说笑话”就是“讲故事”，小说书叫做“笑话书”），应该有这种笑话书。不料五叔竟没有这书，他叫我去寻宋焕哥，宋焕哥说：“我没有《第五才子》，我替你去借一部；我家中有部《第一才子》你先拿去看，好吧？”《第一才子》便是《三国演义》，他很郑重的捧出来，我很高兴的捧回去。

后来我居然得着《水浒传》全部。《三国演义》也看完了。从此以后，我到处去借小说看。五叔，宋焕哥，都帮了我不少的忙。三姊夫（周绍瑾）在上海乡间周浦开店，他最爱看小说书，带了不少回家乡；他每到我家来，总带些《正德皇帝下江南》《七剑十三侠》一类的书来送给我。这是我自己收藏小说的起点。大嫂认得一些字，嫁妆里带来了好几种弹词小说，如《双珠凤》之类。这些书不久都成了我的藏书的一部分。

三哥在家乡时多；他同二哥都进过梅溪书院，都做过南洋公学的师范生，旧学都有根柢，故三哥看小说很有选择。我在他书架上只寻得三部小说：一部《红楼梦》，一部《儒林外史》，一部《聊斋志异》。二哥有一次回家，带了一部新译出的《经国美谈》，讲的是希腊的爱国志士的故事，是日本人做的。这是我读外国小说的第一步。

帮助我借小说最出力的是族叔近仁。就是民国十二年（1923）和顾颉刚先生讨论古史的胡堇人。他比我大几岁，已“开笔”做文章了，十几岁就考取了秀才。我同他不同学堂，但常常相见，成了最要好的朋友。他天才很高，也肯用功，读书比我多，家中也颇有藏书。他看过的小说，常借给我看，我借到的小说，也常借给他看。我们两人各有一个小手折，把看过的小说都记在上面，时时交换比较，看谁看的书多。这两个折子后来都不见了，但我记得离开家乡时，我的折子上好像已有了三十多部小说了。

这里所谓“小说”，包括弹词，传奇，以及笔记小说在内。《双珠凤》在内，《琵琶记》也在内；《聊斋》《夜雨秋灯录》《夜谭随录》《兰苕馆外史》《寄园寄所寄》《虞初新志》等等也在内；从《薛仁贵征东》《薛丁山征西》《五虎平西》《粉妆楼》一类最无意义的小说，到《红楼梦》和《儒林外史》一类的第一流作品，这里面的程度已是天悬地隔了。我到离开家乡时，还不能了解《红楼梦》和《儒林外史》的好处。但这一大类都是白话小说，我在不知不觉之中得了不少的白话散文的训练，在十几年后于我很有用处。

看小说还有一桩绝大的好处，就是帮助我把文字弄通顺了。那时候正是废八股诗文的时代，科举制度本身也动摇了。二哥三哥在上海受了时代思潮的影响，所以不要我“开笔”做八股文，也不要我学做策论经义。他们只要先生给我讲书，教我读书。但学堂念的书，越到后来，越不好懂了,《诗经》起初还好懂，读到《大雅》，就难懂了；读到《周颂》，更不可懂了。《书经》有几篇，如《五子之歌》，我读的很起劲；但《盘庚》三篇，我总读不熟。我在学堂九年，只有《盘庚》害我挨了一次打。后来隔了十多年，我才知道《尚书》有今文和古文两大类，向来学者都说古文诸篇是假的，今文是真的;《盘庚》属于今文一类，应该是真的。但我研究《盘庚》用的代名词最杂乱不成条理，故我总疑心这三篇是后人假造的。有时候，我自己想，我的怀疑《盘庚》，也许暗中含有报那一个“作瘤栗”的仇恨的意味吧？

《周颂》《尚书》《周易》等书都是不能帮助我作通

顺文字的。但小说书却给了我绝大的帮助。从《三国演义》读到《聊斋志异》和《虞初新志》，这一跳虽然跳的太远，但因为书中的故事实在有趣味，所以我能细细读下去。石印本的《聊斋志异》有圈点，所以更容易读。到我十二三岁时，已能对本家姊妹们讲说《聊斋》故事了。那时候，四叔的女儿巧菊，禹臣先生的妹子广菊多菊，祝封叔的女儿杏仙和本家侄女翠苹定娇等，都在十五六岁之间；她们常常邀我去，请我讲故事。我们平常请五叔讲故事时，忙着替他点火，装旱烟，替他捶背，现在轮到我受人巴结了。我不用人装烟捶背，她们听我说完故事，总去泡炒米，或做蛋炒饭来请我吃。她们绣花做鞋，我讲《凤仙》《莲香》《张鸿渐》《江城》。这样的讲书，逼我把古文的故事翻译成绩溪土话，使我更了解古文的文理。所以我到十四岁来上海开始作古文时，就能做很像样的文字了。

四

我小时候身体弱，不能跟着野蛮的孩子们一块儿玩。我母亲也不准我和他们乱跑乱跳。小时不曾养成活泼游戏的习惯，无论在什么地方，我总是文绉绉地。所以家乡老辈都说我“像个先生样子”，遂叫我做“穈先生”。这个绰号叫出去之后，人都知道三先生的小儿子叫做糜先生了。既有“先生”之名，我不能不装出点“先生”样子，更不能跟着顽童们“野”了。有一天，我在我家八字门口和一班孩子“掷铜钱”，一位老辈走过，见了我，笑道：“糜先生也掷铜钱吗？”我听了羞愧的面红耳热，觉得大失了“先生”的身份！

大人们鼓励我装先生样子，我也没有嬉戏的能力和习惯，又因为我确是喜欢看书，所以我一生可算是不曾享过儿童游戏的生活。每年秋天，我的庶祖贯同我到田里去“监割”（顶好的田，水旱无忧，收成最好，佃户每约田主来监割，打下谷子，两家平分），我总是坐在小树下看小说。十一二岁时，我稍活泼一点，居然和一群同学组织了一个戏剧班，做了一些木刀竹枪，借得了几个假胡须，就在村口田里做戏。我做的往往是诸葛亮、刘备一类的文角儿；只有一次我做史文恭，被花荣一箭从椅子上射倒下去，这算是我最活泼的玩艺儿了。

我在这九年（1895—1904）之中，只学得了读书、写字两件事。在文字和思想的方面，不能不算是打了一点底子。但别的方面都没有发展的机会。有一次我们村里“当朋”（八都凡五村，称为“五朋”，每年一村轮着做太子会，名为“当朋”）筹备太子会，有人提议要派我加入前村的昆腔队里学习吹笙或吹笛，族里长辈反对，说我年纪太小，不能跟着太子会走遍五朋。于是我失掉了这学习音乐的惟一机会。三十年来，我不曾拿过乐器，也全不懂音乐；究竟我有没有一点学音乐的天资，我至今还不知道。至于学图画，更是不可能的事。我常常用竹纸蒙在小说的石印绘像上，摹画书上的英雄美人。有一天，被先生看见了，挨了一顿大骂，抽屉里的图画都被搜出撕毁了。于是我又失掉了学做画家的机会。

但这九年的生活，除了读书看书之外，究竟给了我一点做人的训练。在这一点上，我的恩师就是我的慈母。

每天天刚亮时，我母亲就把我喊醒，叫我披衣坐起。我从不知道她醒来坐了多久了。她看见我清醒了，才对我说昨天我做错了什么事，说错了什么话，要我用功读书。有时候她对我说父亲的种种好处，她说：“你总要踏上你老子的脚步。我一生只晓得这一个完全的人，你要学他，不要跌他的股。”（跌股便是丢脸，出丑。）她说到伤心处，往往掉下泪来。到天大明时，她才把我的衣服穿好，催我去上早学。学堂门上的锁匙放在先生家里；我先到学堂门口一望，便跑到先生家里去敲门。先生家里有人把锁匙从门缝里递出来，我拿了跑回去，开了门，坐下念生书。十天之中，总有八九天我是第一个去开学堂门的。等到先生来了，我背了生书，才回家吃早饭。

我母亲管束我最严，她是慈母兼任严父。但她从来不在别人面前骂我一句，打我一下。我做错了事，她只对我一望，我看了她的严厉眼光，就吓住了。犯的事小，她等到第二天早晨我眼醒时才教训我。犯的事大，她等到晚上人静时，关了房门，先责备我，然后行罚，或罚跪，或拧我的肉。无论怎样重罚，总不许我哭出声来。她教训儿子不是借此出气叫别人听的。

有一个初秋的傍晚，我吃了晚饭，在门口玩，身上只穿了一件单背心。这时候我母亲的妹子玉英姨母在我家住，她怕我冷，拿了一件小衫出来叫我穿上。我不肯穿，她说："穿上吧，凉了。"我随口回答："娘（凉）什么！老子都不老子呀。"我刚说了这句话，一抬头，看见母亲从家里走出，我赶快把小衫穿上。但她已听见这句轻薄的话了。晚上人静后，她罚我跪下，重重的责罚了一顿。她说："你没了老子，是多么得意的事！好用来说嘴！"她气得坐着发抖，也不许我上床去睡。我跪着哭，用手擦眼泪，不知擦进了什么微菌，后来足足害了一年的眼翳病。

医来医去，总医不好。我母亲心里又悔又急，听说眼翳可以用舌头舔去，有一夜她把我叫醒，她真用舌头舔我的病眼。这是我的严师，我的慈母。

我母亲二十三岁做了寡妇，又是当家的后母。这种生活的痛苦，我的笨笔写不出一万分之一二。家中财政本不宽裕，全靠二哥在上海经营调度。大哥从小就是败子，赌博，钱到手就光，光了就回家打主意，见了香炉就拿出去卖，捞着锡茶壶就拿出去押。我母亲几次邀了本家长辈来，给他定下每月用费的数目。但他总不够用，到处都欠下烟债赌债。每年除夕我家中总有一大群讨债的，每人一盏灯笼，坐在大厅上不肯去。大哥早已避出去了。大厅的两排椅子上满满的都是灯笼和债主。我母亲走进走出，料理年夜饭，谢灶神，压岁钱等事，只当做不曾看见这一群人。到了近半夜，快要"封门"了，我母亲才走后门出去，央一位邻舍本家到我家来，每一家债户开发一点钱。做好做歹的，这一群讨债的才一个一个提着灯笼走出去。一会儿，大哥敲门回来了。我母亲从不骂他一句。并且因为是新年，她脸上从不露出一点怒色。这样的过年，我过了六七次。

大嫂是个最无能而又最不懂事的人，二嫂是个很能干而气量很窄小的人。她们常常闹意见，只因为我母亲的和气榜样，她们还不曾有公然相骂相打的事。她们闹气时，只是不说话，不答话，把脸放下来，叫人难看；二嫂生气时，脸色变青，更是怕人。她们对我母亲闹气时，也是如此。我起初全不懂得这一套，后来也渐渐懂得看人的脸色了。我渐渐明白，世间最可厌恶的事莫如一张生气的脸；世间最下流的事莫如把生气的脸摆给旁人看。这比打骂还难受。

我母亲的气量大，性子好，又因为做了后母后婆，她更事事留心，事事格外容忍。大哥的女儿比我只小一岁，她的饮食衣料总是和我一样。我和她有小争执，总是我吃亏，母亲总是责备我，要我事事让她。后来大嫂二嫂都生了儿子了，她们生气时便打骂孩子来出气，一面打，一面用尖刻有刺的话骂给别人听。我母亲只装不听见。有时候，她实在忍不住了，便悄悄走出门去，或到左邻立大嫂家去坐一会，或走后门到后邻度嫂家去闲谈。她从不和两个嫂子吵一句嘴。

每个嫂子一生气，往往十天半个月不歇，天天走进走出，板着脸，咬着嘴，打骂小孩子出气。我母亲只忍耐着，忍到实在不可再忍的一天，她也有她的法子。这一天的天明时，她就不起床，轻轻的哭一场。她不骂一个人，只哭她的丈夫，哭她自己命苦，留不住她的丈夫来照管她。她先哭时，声音很低，渐渐哭出声来。我醒了起来劝她，她不肯住。这时候，我总听得见前堂（二嫂住前堂东房）或后堂（大嫂住后堂西房）有一扇房门开了，一个嫂子走出房向厨房走去。不多一会，那位嫂子来敲我们的房门了。我开了房门，她走进来，捧着一碗热茶，送到我母亲床前，劝她止哭，请她喝口热茶。我母亲慢慢停住哭声，伸手接了茶碗，那位嫂子站着劝一会，才退出去。没有一句话提到什么人，也没有一个字提到这十天半个月来的气脸，然而各人心里明白，泡茶进来的嫂子总是那十天半个月来闹气的人。奇怪的很，这一哭之后，至少有一两个月的太平清静日子。

我母亲待人最仁慈，最温和，从来没有一句伤人感情的话。但她有时候也很有刚气，不受一点人格上的侮辱。我家五叔是个无正业的浪人，有一天在烟馆里发牢骚，说我母亲家中有事总请某人帮忙，大概总有什么好处给他。这句话传到我母亲耳朵里，她气的大哭，请了几位本家来。把五叔喊来，当面质问他她给了某人什么好处。直到五叔当众认错赔罪，她才罢休。

我在我母亲的教训之下住了九年，受了她的极大极深的影响。我十四岁（其实只有十二岁零两三个月）就离开她了，在这广漠的人海里独自混了二十多年，没有一个人管束过我。如果我学得了一丝一毫的好脾气，如果我学得了一点点待人接物的和气，如果我能宽恕人，体谅人，——我都得感谢我的慈母。

辑二

试将岁月追白马

往事

沈从文

这事说来又是十多年了。

算来我是六岁。因为第二次我见到长子四叔时，他那条有趣的辫子就不见了。

那是夏天秋天之间。我仿佛还没有上过学。妈因怕我到外面同瑞龙他们玩时又打架，或是乱吃东西，每天都要靠到她身边坐着，除了吃晚饭后洗完澡同大哥各人拿五个小钱到道门口去买士元的凉粉外，剩下便都不准出去了！至于为甚又能吃凉粉？那大概是妈知道士元凉粉是玫瑰糖，不至吃后生病吧。本来那时的时疫也真凶，听瑞龙妈说，杨老六一家四口人，从十五得病，不到三天便都死了！

我们是在堂屋背后那小天井内席子上坐着的。妈为我从一个小黑洋铁箱子内取出一束一束方块儿字来念，她便膝头上搁着一个麻篮绩麻。弄子里跑来的风又凉又软，很易引人瞌睡，当我倒在席子上时，妈总每每停了她的工作，为我拿蒲扇来赶那些专爱停留在人脸上的饭蚊子。间或有个时候妈也会睡觉，必到大哥从学校夹着书包回来嚷肚子饿时才醒，那末，夜饭必定便又要晚一点了！

爹好象到乡下江家坪老屋去了好久了，有天忽然要四叔来接我们。接的意思四叔也不大清楚，大概也就是闻到城里时疫的事情吧。妈也不说什么，她知道大姐二姐都在乡里，我自然有她们料理。只嘱咐了四叔不准大哥到乡下溪里去洗澡。

因大哥前几天回来略晚，妈摩他小辫子还湿漉漉的，知他必是同几个同学到大河里洗过澡了，还重重的打了他一顿呢。四叔是一个长子，人又不大肥，但很精壮。妈常说这是会走路的人。铜仁到我凤凰是一百二十里蛮路，他能扛六十斤担子一早动身，不抹黑就到了，这怎么不算狠！他到了家时，便忙自去厨房烧水洗脚。那夜我们吃的夜饭菜是南瓜炒牛肉。

妈捡菜劝他时，他又选出无辣子的牛肉放到我碗里。

真是好四叔呵！

那时人真小，我同大哥还是各人坐在一只箩筐里为四叔担去的！大哥虽大我五六岁，但在四叔肩上似乎并不什么不匀称。乡下隔城有四十多里，妈怕太阳把我们晒出病来，所以我们天刚一发白就动身，到行有一半的唐峒山时，太阳还才红红的。到了山顶，四叔把我们抱出来各人放了一泡尿，我们便都坐在一株大刺栎树下歇憩。那树的杈桠上搁了无数小石头，树左边又有一个石头堆成的小屋子。四叔为我们解说，小屋子是山神土地，为赶山打野猪人设的；树上石头是寄倦的：凡是走长路的人，只要放一个石头到树上，便不倦了。但大哥问他为甚不也放一个石子时，他却不做声。

他那条辫子细而长正同他身子一样。本来是挽放头上后再加上草帽的，不知是那辫子长了呢还是他太随意，总是动不动又掉下来，当我是在他背后那头时，辫子梢梢便时时在我头上晃。

“芸儿，莫闹！扯着我不好走！”

我伸出手扯着他辫子只是拽，他总是和和气气这样说。

“四满[1]，到了？”大哥很着急的这么问。

“快了，快了，快了！芸弟都不急，你怎么这样慌？你看我跑！”他略略把脚步放快一点，大哥便又嚷摇的头痛了。

他一路笑大哥不济。

到时，爹正同姨婆五叔四婶他们在院中土坪上各坐在一条小凳上说话。姨婆有两年不见我了，抱了我亲了又亲。爹又问我们饿了不曾，其实我们到路上吃甜酒、米豆腐已吃胀了。上灯时，方见大姐二姐大姑满姑[2]各人手上提了一捆地萝卜进来。

我夜里便同大姐等到姨婆房里睡。

乡里有趣多了！既不什么很热，夜里蚊子也很少。大姐到久一点，似乎各样事情都熟习，第二天一早便引我去羊栏边看睡着比猫还小的白羊，牛栏里正歪起颈项在吃奶的牛儿。

我们又到竹园中去看竹子。那时觉得竹子实在是一种很奇怪的东西。本来城里的竹子，通常大到屠桌边卖肉做钱筒的已算出奇了！但后园里那些南竹，大姐教我去试抱一下

---

① 乡人呼叔叔为满满，四满即四叔。

② 满姑乃最小之姑母。

时，两手竟不能相掺。满姑又为偷偷的到园坎上摘了十多个桃子。接着我们便跑到大门外溪沟边上拾得一衣兜花蚌壳。

事事都感到新奇：譬如五叔喂的那十多只白鸭子，它们会一翅从塘坎上飞过溪沟。夜里四叔他们到溪里去照鱼时，却不用什么网，单拿个火把，拿把镰刀。姨婆喂有七八只野鸡，能飞上屋，也能上树，却不飞去；并且，只要你拿一捧包谷米在手，口中略略一逗，它们便争先恐后的到你身边来了。什么事情都有味。我们白天便跑到附近村子里去玩，晚上总是同坐在院中听姨婆学打野猪打獾子的故事。姨婆真好，我们上床时，她还每每为从大油坛里取出炒米、栗子同脆酥酥的豆子给我们吃！

后园坎上那桃子已透熟了，满姑一天总为我们去偷几次。

爹又不大出来，四叔五叔又从不说话，间或碰到姨婆见了时，也不过笑笑的说："小娥，你又忘记嚷肚子痛了！真不听讲——芸儿，莫听你满姑的话，吃多了要坏肚子！拿把我，不然晚上又吃不得鸡膊腿了！"

乡里去有场集的地方似乎并不很近，而小小村中除每五天逢一六赶场外通常都无肉卖。因此，我们几乎天天吃鸡，惟我一人年小，鸡的大腿便时时归我。

我们最爱看又怕看的是溪南头那坝上小碾房的磨石同自动的水车；碾房是五叔在料理。

那圆圆的磨石，固定在一株木桩上只是转只是转。五叔象个卖灰的人，满身是糠皮，只是在旋转不息的磨石间拿扫把扫那跑出碾槽外的谷米。他似乎并不着一点忙，磨石走到他跟前时一跳又让过磨石了。我们为他着急又佩服他胆子大。水车也有味，是一些七长八短的竹篙子扎成的。它的用处就是在灌水到比溪身还高的田面。

大的有些比屋子还大，小的也还有一床晒簟大小。它们接接连连竖立在大路近旁，为溪沟里急水冲着快快地转动，有些还咿哩咿哩发出怪难听的喊声，由车旁竹筒中运水倒到悬空的枧[①]上去。它的怕人就是筒子里水间或溢出枧外时，那水便砰的倒到路上了，你稍不措意，衣服便打得透湿。我们远远的立着看行路人抱着头冲过去时那样子好笑。满姑虽只大我四岁，但看惯了，她却敢在下面走来走去。大姐同大姑，则知道那个车子溢出后便是那一个接脚，不消说是不怕水淋了！

只我同大哥二姐，却无论如何不敢去尝试。

① 枧，剜木以引水之物。

过年

梁实秋

我小时候并不特别喜欢过年，除夕要守岁，不过十二点不能睡觉，这对于一个习于早睡的孩子是一种煎熬。前庭后院挂满了灯笼，又是宫灯，又是纱灯，烛光辉煌，地上铺了芝麻秸儿，踩上去咯咯吱吱响，这一切当然有趣，可是寒风凛冽，吹得小脸儿通红，也就很不舒服。炕桌上呼卢喝雉，没有孩子的份。压岁钱不是白拿，要叩头如捣蒜。大厅上供着祖先的影像，长辈指点曰："这是你的曾祖父，曾祖母，高祖父，高祖母……"虽然都是岸然道貌微露慈祥，我尚不能领略慎终追远的意义。"姑娘爱花小子要炮……"我却怕那大麻雷子、二踢脚子。别人放鞭炮，我躲在屋里捂着耳朵。每人分一包杂拌儿，哼，看那桃脯、蜜枣沾上的一层灰尘，怎好往嘴里送？年夜饭照例是特别丰盛的。大年初几不动刀，大家歇工，所以年菜事实上即是大锅菜。大锅的炖肉，加上粉丝是一味，加上蘑菇又是一味；大锅的炖鸡，加上冬笋是一味，加上番薯又是一味，都放在特大号的锅、罐子、盆子里，此后随取随吃，大概历十余日不得罄，事实上是天天打扫剩菜。满缸的馒头，满缸的腌白菜，满缸的咸疙瘩，不知道什么时候才可以见底。芥末堆儿、素面筋、十香菜比较的受欢迎。除夕夜，一交子时，煮饽饽端上来了。我困得低枝倒挂，哪有胃口去吃？胡乱吃两个，倒头便睡，不知东方之既白。

初一特别起得早，梳小辫儿，换新衣裳，大棉袄加上一件新蓝布罩袍、黑马褂、灰鼠绒绿鼻脸儿的靴子。见人就得请安，口说“新喜”。日上三竿，骡子轿车已经套好，跟班的捧着拜匣，奉命到几家最亲近的人家拜年去也。如果运气好，人家“挡驾”，最好不过，递进一张帖子，掉头就走。否则一声“请”，便得升堂入室，至少要朝上磕三个头，才算礼成。这个差事我当过好几次，从心坎儿觉得窝囊。

民国前一两年，我的祖父母相继去世，由我父亲领导在家庭生活方式上作维新运动，革除了许多旧习，包括过年的仪式在内。我不再奉派出去挨门磕头拜年。我从此不再是磕头虫儿。过年不再做年菜，而向致美斋定做八道大菜及若干小菜，分装四个圆笼，除日挑到家中，自己家里也购备一些新鲜菜蔬以为辅佐。一连若干天顿顿吃煮饽饽的怪事，也不再在我家出现。我父亲说："我愿在哪一天过年就在哪一天过年，何必跟着大家起哄？"逛厂甸，我们是一定要去的，不是为了喝豆汁儿、吃煮豌豆，或是那大糖葫芦，是为了要到海王村和火神庙去买旧书。白云观我们也去过一次，一路上吃尘土，庙里面人挤人，哪里有神仙可会，我再也不作第二次想。过年时，我最难忘的娱乐之一是放风筝，风和日丽的时候，独自在院子里挑起一根长竹竿，一手扶竿，一手持线桄子，看着风筝冉冉上升，御风而起，一霎时遇到罡风，稳稳的停在半天空，这时候虽然冻得涕泗横流，而我心滋乐。

民国元年（1912）初，袁世凯嗾曹锟驻禄米仓部队兵变，大掠平津，那一天正是阴历正月十二，给万民欢腾的新年假期做了一个悲惨而荒谬的结束，从此每个新年我心里就有一个驱不散的阴影。大家都说恭贺新喜，我不知喜从何来。

清华八年（节选）

梁实秋

一

我自民国四年（1915）进清华学校读书，民国十二年（1923）毕业，整整八年的工夫在清华园里度过。人的一生没有几个八年，何况是正在宝贵的青春？四十多年前的事，现在回想已经有些模糊，如梦如烟，但是较为凸出的印象则尚未磨灭。有人说，人在开始喜欢回忆的时候便是开始老的时候。我现在开始回忆了。

民国四年，我十四岁，在北京新鲜胡同京师公立第三小学毕业，我的父亲接受朋友的劝告要我投考清华学校。这是一个重大的决定，因为这个学校远在郊外，我是一个古老的家庭中长大的孩子，从来没有独自在街头闯荡过，这时候要捆起铺盖到一个陌生的地方去住，不是一件平常的事，而且在这个学校经过八年之后便要漂洋过海离乡背井到新大陆去负笈求学，更是难以设想的事。所以父亲这一决定下来，母亲急得直哭。

清华学校在那时候尚不大引人注意。学校的创立乃是由于民国纪元前四年，美国老罗斯福总统决定退还庚子赔款半数指定用于教育用途，意思是好的，但是带着深刻的国耻的意味。所以这学校的学制特殊，事实上是留美预备学校，不由教育部管理，校长由外交部派。每年招考学生的名额，按照各省分担的庚子赔款的比例分配。我原籍浙江杭县，本应到杭州去应试，往返太费事，而且我家寄居北京很久，也可算是北京的人家，为了取得法定的根据起见，我父亲特赴京兆大兴县署办理入籍手续，得到准许备案，我才到天津（当时直隶省会）省长公署报名。我的籍贯从此确定为京兆大兴县，即北京。北京东城属大兴，西城属宛平。

那一年直隶省分配名额为五名，报名应试的大概是三十几个人，初试结果取十名，复试再遴选五名。复试由省长朱家宝主持。此公夙来喜欢事必躬亲，不愿假手他人，居恒有一颗闲章，文曰“官要自作”。我获得初试入选的通知以后就到天津去谒见省长。十四岁的孩子几曾到过官署？大门口的站班的衙役一声吆喝，吓我一大跳，只见门内左右站着几个穿宽袍大褂的衙役垂手肃立，我逡巡走进二门，又是一声吆喝，然后进入大厅。十个孩子都到齐，有人出来点名。静静的等了一刻钟，一位面团团的老者微笑着踱了出来，从容不迫的抽起水烟袋，逐个的盘问我们几句话，无非是姓甚、名谁、几岁、什么属性之类的谈话。然后我们围桌而坐，各有毛笔纸张放在面前，写一篇作文，题目是《孝弟为人之本》。这个题目我好像从前作过，于是不假思索援笔立就，总之是一些陈词滥调。

过后不久榜发，榜上有名的除我之外有吴卓、安绍芸、梅贻宝及一位未及入学即行病逝的应某。考取学校总是幸运的事，虽然那时候我自己以及一般人并不怎样珍视这样的一个机会。

就是这样我和清华结下了八年的缘分。

二

八月末，北京已是初秋天气，我带着铺盖到清华去报到，出家门时母亲直哭，我心里也很难过。我以后读英诗人 Cowper 的传记时之特别同情他，即是因为我自己深切体验到一个幼小的心灵在离开父母出外读书时的那种滋味——说是“第二次断奶”实在不为过。第一次断奶固然苦痛，但那是在孩提时代，尚不懂事，没有人能回忆自己断奶时的懊恼，第二次断奶就不然了，从父母身边把自己扯开，在心里需要一点气力，而且少不了一阵辛酸。

清华园在北京西郊外的海甸[①]的西北。出西直门走上一条漫长的马路，沿途有几处步兵统领衙门的“堆子”，清道夫一铲一铲的在道上洒黄土，一勺一勺的在道上泼清水，路的两旁是铺石的路专给套马的大敞车走的。最不能忘的是路边的官柳，是真正的垂杨柳，好几丈高的桠杈古木，在春天一片鹅黄，真是柳眼挑金。更动人的时节是在秋后，柳丝飘拂到人的脸上，一阵阵的蝉噪，夕阳古道，情景幽绝。我初上这条大道，离开温暖的家，走向一个新的环境，心里不知是什么滋味。

海甸是一小乡镇，过仁和酒店微闻酒香，那一家的茵陈酒莲花白是有名的，再过去不远有一个小石桥，左转趋颐和园，右转经圆明园遗址，再过去就是清华园了。清华园原是清室某亲贵的花园，大门上“清华园”三字是大学

① 海甸，北京海淀区历史上的旧称谓。

士那桐题的，门并不大，有两扇铁栅，门内左边有一棵状如华盖的老松，斜倚有态，门前小桥流水，桥头上经常系着几匹小毛驴。

园里谈不到什么景致，不过非常整洁，绿草如茵，校舍十分简朴但是一尘不染。原来的一点点中国式的园林点缀保存在“工字厅”“古月堂”，尤其是工字厅后面的荷花池。徘徊池畔，有“风来荷气，人在木阴”之致。塘坳有亭翼然，旁有巨钟为报时之用。池畔松柏参天，厅后匾额上的“水木清华”四字确是当之无愧。又有长联一副：“槛外山光，历春夏秋冬，万千变幻，都非凡境。窗中云影，任东西南北，去来澹荡，洵是仙居。”（祁寯藻书）我在这个地方不知消磨了多少黄昏。

西园榛莽未除，一片芦蒿，但是登土山西望，圆明园的断垣残石历历可见，俯仰苍茫，别饶野趣。我记得有一次郁达夫特来访问，央我陪他到圆明园去凭吊遗迹，除了那一堆石头什么也看不见了，所谓“万园之园”的四十美景只好参考后人画图于想象中得之。

三

清华分高等科、中等科两部分。刚入校的便是中等科的一年级生。中等四年，高等四年，毕业后送到美国去，这两部分是隔离的，食宿教室均不在一起。

学生们是来自各省的，而且是很平均的代表着各省。因此各省的方言都可以听到，我不相信除了清华之外有任何一个学校其学生籍贯是如此的复杂。有些从广东、福建来的，方言特殊，起初与外人交谈不无困难，不过年轻的人学语迅速，稍后亦可适应。由于方言不同，同乡的观念容易加强，虽无同乡会的组织，事实上一省的同乡自成一个集团。我是北京人，我说国语，大家都学着说国语，所以我没有方言，因此我也就没有同乡观念。如果我可以算得是北京土著，像我这样的土著，清华一共没有几个。（原籍满族的陶世杰，原籍蒙古族的杨宗瀚都可以算是真正的北京人。）北京也有北京的土语，但是从这时候起我就和各个不同省籍的同学交往，我只好抛弃了我的土语成分，养成使用较为普通的国语的习惯。我一向不参加同乡会之类的组织，同时我也没有浓厚的乡土观念，因为我在这样的环境有过八年的熏陶，凡是中国人都是我的同乡。

一天夜里下大雪，黎明时同屋的一位广东同学大惊小怪的叫了起来：“下雪啦！下雪啦！”别的寝室的广东同学也出来奔走相告，一个个从箱里取出羊皮袍穿上，但是里面穿的是单布裤子！

有一位从厦门来的同学，因为言语不通没人可以交谈，孤独郁闷而精神失常，整天用英语喊叫："我要回家！我要回家！"高等科有一位是他的同乡，但是不能时常来陪伴他。结果这位可怜的孩子被遣送回家了。

我是比较幸运的，每逢星期日我缴上一封家长的信便可获准出校返家，骑驴抄小径，经过大钟寺，到西直门，或是坐一小时的人力车遵大道进城。在家里吃一顿午饭，不大工夫夕阳西下又该回学校去了。回家的手续是在星期六晚办妥的，领一个写着姓名的黑木牌，第二天交到看守大门的一位张姓老头儿的手里，才得出门。平常是不准越大门一步的。但是高等科的同学们，和张老头打个招呼，也可以出门走走，买点什么鸭梨、柿子、烤白薯之类的东西。

新生是一群孩子，我这一班里以项君为最矮小，有一回他掉在一只大尿桶里几乎淹死。二三十年后我在天津遇到他，他已经任一个银行的经理，还是那么高，想起往事不禁发出会心的微笑。

新生的管理是很严格的。斋务主任陈筱田先生是个了不起的人物，天津人，说话干脆而尖刻，精神饱满，认真负责。学生都编有学号，我在中等科时是五八一，在高等科时是一四九，我毕业后十几年在南京车站偶然遇到他，他还能随口说出我的学号。每天早晨七点打起床钟，赴盥洗室，每人的手巾脸盆都写上号码，脏了要罚。七点二十分吃早饭，四碟咸菜如萝卜干、八宝菜之类，每人三个馒头，稀饭不限。饭桌上，也有各人的学号，缺席就要记下处罚。脸可以不洗，早饭不能不去吃。陈先生常常躲在门后，拿着纸笔把迟到的一一记下，专写学号，一个也漏不掉。我从小就有早起的习惯，永远在打钟以前很久就起床，所以从不误吃早饭。

学生有久久不写平安家信以致家长向学校查询者，因此学校规定每两星期必须写家信一封，交斋务室登记寄出。我每星期回家一次，应免此一举，但格于规定仍须照办。我父亲说这是很好的练习小楷的机会，特为我在荣宝斋印制了宣纸的信笺，要我恭楷写信，年终汇订成册，留作纪念。

学生身上不许带钱，钱要存在学校银行里，平常的零用钱可以存少许在身上，但一角钱一分钱都要记账，而且是新式簿记，有明细账，有资产负债对照表，月底结算完竣要呈送斋务室备核盖印然后发还。在学校用钱的机会很少，伙食本来是免费的，我入校的那一年才开始收半费，每月伙食是六元半，我交三元，在我以后就是交全费的了，洗衣服每月二元，这都是在开学时交清了的。理发每次一角，手术不高明，设备也简陋，有一样好处——快，十分钟连揪带拔一定完工。（我的朋友张心一来自甘肃，认为一角钱太贵，总是自剃光头，青白油亮，只是偶带刀痕。）所以花钱只是买零食。校内有一个地方卖日用品及食物，起初名为嘉华公司，后改称为售品所，卖豆浆、点心、冰激凌、花生、栗子之类。只有在寝室里可以吃东西，在路上走的时候吃东西是被禁止的。

洗澡的设备很简单，用的是铅铁桶，由工友担冷热水。孩子们很多不喜欢亲近水和肥皂，于是洗澡便需要签名，以备查核。规定一星期洗澡至少两次，这要求并不过分，可是还是有人只签名而不洗澡。照规定一星期不洗澡予以警告，若仍不洗澡则在星期五下午四时周会（名为伦理演讲）时公布姓名，若仍不洗澡则强制执行，派员监视。以我所知，这规则尚不曾实行过。

看小说也在禁止之列。小说是所谓“闲书”，据说是为成年人消遣之用，不是诲淫就是诲盗，年轻人血气未定，看了要出乱子的。可是像《水浒》《红楼》之类我早就在家里看过，也是偷着看的，看到妙处心里确是怦怦然。

我到清华之后，经朋友指点，海甸有一家小书店可以买到石印小字的各种小说。我顺便去了一看，琳琅满目，如入宝山，于是买了一部《绿牡丹》。有一天晚上躺在床上偷看，字小，纸光，灯暗，倦极抛卷而眠，翌晨起来就忘记从枕下捡起，斋务先生查寝室，伸手一摸就拿走了。当天就有条子送来，要我去回话，我还不知道是什么事。只见陈先生铁青着脸，把那本《绿牡丹》往我面前一丢，说："这是嘛？""嘛"者，天津话"什么"也。我的热血涌到脸上，无话可说，准备接受打击。也许是因为我是初犯，而且并无其他前科，也许是因为我诚惶诚恐俯首认罪，使得惩罚者消了不少怒意，我居然除了受几声叱责及查获禁书没收之外没有受到惩罚。依法，这种罪过是要处分的，应于星期六下午大家自由活动之际被罚禁闭，地点在"思过室"。这种处分是最轻微的处分，在思过室里静坐几小时，屋里壁上满挂着格言，所谓"闭门思过"。凡是受过此等处分的，就算是有了记录，休想再能获得品行优良奖的大铜墨盒。我没进过思过室，可是也从来没有得过大铜墨盒，可能是受了《绿牡丹》事件的影响。我们对于得过墨盒的同学们既不嫉妒亦不羡慕，因为人人心里明白那个墨盒的代价是什么，并且事后证明墨盒的得主将来都变成了什么样的角色。

思过是要牌示的，若干次思过等于记一小过，三小过为一大过，三大过则恶贯满盈实行开除。记过开除之事在清华随时有之，有时候一向品学兼优的学生亦不能免于记过。比我高一班的潘光旦曾告诉我他就被记小过一次，事由是他在严寒冬夜不敢外出如厕，就在寝室门外便宜行事，事有凑巧，陈斋务主任正好深夜巡查，迎面相值当场查获，当时未交一语，翌日挂牌记过。光旦认为这是很有趣的一件事，从不讳言。中等科的厕所（绰号九间楼）在夜晚是没有人敢去的，面临操场，一片寂寥，加上狂风怒吼，孩子们是有一点怕。最严重的罪过是偷窃，一经破获，立刻开除。有时候拿了人家的一本字典或是拿了人家一匹夏布，都要受最严重的处分，趁上课时扃闭寝室通路，翻箱倒箧实行突检，大概没有窃案不被破获的，虽然用重典，总还有人要蹈法网。有些学生被当作“线民”使用，负责打小报告，这种间谍制度后来大受外国教员指责，不久就废弃了，作线民的大概都是得过墨盒的。

清华对于年幼的学生还有过一阵的另一训导制度，三五个年幼的学生配给一个导师，导师由高等科的大学生担任之，每星期聚会一次，在生活上予以指导。指导我的是一位沈隽淇先生，大概比我大七八岁，道貌岸然，不苟言笑。这制度用意颇佳，但滞碍难行，因为硬性配给，不免扞格。此制行之不久即废，沈隽淇先生毕业后我也从来没听见过他的消息。

严格的生活管理只限于中等科，我们事后想想像陈筱田先生所执行的那一套管理方法，究竟是利多弊少，许多作人作事的道理，本来是应该在幼小的时候就要认识。许多自然主义的教育信仰者，以为儿童的个性应该任其自由发展，否则受了摧残以后，便不得伸展自如。至少我个人觉得我的个性没有受到压抑以至于以后不能充分发展。我从来不相信“树大自直”。等我们升到高等科，一切管理松弛多了，尤其是正值“五四运动”之后，学生的气焰万丈，谁还能管学生？

四

清华是预备留美的学校，所以课程的安排与众不同，上午的课如英文、作文、公民（美国的公民）、数学、地理、历史（西洋史）、生物、物理、化学、政治学、社会学、心理学……都一律用英语讲授，一律用美国出版的教科书；下午课如国文、历史、地理、修身、哲学史、伦理学、修辞、中国文学史……都一律用国语，用中国的教科书。这样划分的目的，显然的要加强英语教学，使学生多得听说英语的机会。上午的教师一部分是美国人，一部分是能说英语的中国人。下午的教师是一些中国的老先生，好多都是在前清有过功名的。但是也有流弊，重点放在上午，下午的课就显得稀松。尤其是在毕业的时候，上午的成绩需要及格，下午的成绩则根本不在考虑之列。因此大部分学生轻视中文的课程。这是清华在教育上最大的缺点，不过鱼与熊掌不可得兼，顾了英文就不容易再顾中文，这困难的情形也是可以理解的。可惜的是学校没有想出更合理的办法，同时对待中文老师之差别待遇也令学生生出很奇异的感想，薪给特别低，集中住在比较简陋的古月堂，显然中文教师是不受尊重的。这在学生的心理上有不寻常的影响：一方面使学生蔑视本国的文化，崇拜外人；另一方面激起反感，对于洋人偏偏不肯低头。我个人的心理反应即属于后者，我下午上课从来不和先生捣乱，上午在课堂里就常不驯顺。而且我一想起母校，我就不能不联想起庚子赔款、义和团、吃教的洋人、昏聩的官吏……这一连串的联想使我惭愧、愤怒。我爱我的母校，但这些联想如何能使我对我母校毫无保留的感觉骄傲呢？

清华特别注重英文一课，由于分配的钟点特多，再加上午其他各课亦用英语讲授，所以平均成绩可能较一般的学校略胜。使用的教本开始时是《鲍尔文读本》，以后就由浅而深的选读文学作品，如《阿丽斯异乡游记》《陶姆·伯朗就学记》《柴斯·菲德训子书》《金银岛》《欧文杂记》，阿迪生的《洛杰爵士杂记》，霍桑的《七山墙之屋》，《块肉余生述》《朱立阿·西撒》《威尼斯商人》，等等。前后八年教过我英文的老师有马国骥先生、林语堂先生、孟宪承先生、巢堃霖先生，美籍的有 Miss Baader、Miss Clemens、Mr. Smith 等。马、林、孟三位先生都是当时比较年轻的教师，不但学问好、教法好，而且热心教学，是难得的好教师。巢先生是在英国受教育的，英文根柢极好，我很惭愧的是我曾在班上屡次无理捣乱反抗，使他很生气。两位美籍的女教师使我特殊受益的倒不在英文训练，而在她们教导我们练习使用"议会法"这一套如何主持会议、如何进行讨论、如何交付表决等等的艺术，以后证明十分有用。这也就是孙中山先生所谓的"民权初步"。在民主社会里到处随时有集会，怎么可以不懂集会的艺术？我幸而从小就学会了这一套，以后受用不浅，以后每逢我来主持任何大小会议，我知道如何控制会场秩序，如何迅速的处理案件的讨论。她们还教了我们作文的方法，题目到手之后，怎样先作大纲，怎样写提纲挈领的句子，有时还要把别人的文章缩成为大纲，有时从一个大纲扩展成为一篇文章，这一切其实就是思想训练，所以不仅对英文作文有用，对国文也一样的有用。我的文章写得不好，但如果层次不太紊乱，思路不太糊涂，其得力处在此。美国的高等学校大概就是注重此种教学方法，清华在此等处模仿美国，是有益的。

上午的所有课程有一特色，即是每次上课之前学生必须作充分准备，先生指定阅览的资料必须事先读过，否则上课即无从听讲或应付。上课时间用在练习讨论者多，用在讲解者少，同时鼓励学生发问。我们中国学生素来没有当众发问的习惯，美籍教师常常感觉困惑，有时指名发问令其回答，造成讨论的气氛。美国大学里的课外指定阅读的资料分量甚重，所以清华先有此种准备，免得到了美国顿觉不胜负荷。我记得到了高等科之后，先生指定要读许多参考书，某书某章必须阅读，我们在图书馆未开门之前就排了长龙，抢着阅读参考书架上的资料，迟到者就要等候。

我的国文老师中使我获益最多的是徐镜澄先生，我曾为文纪念过他（见《秋室杂文》)。他在中等科教我作文一年，批改课业大勾大抹，有时全页都是大墨杠子，我几千字的文章往往被他删削得体无完肤，只剩下三二百字，我始而懊恼，继而觉得经他勾改之后确实是另有一副面貌，终乃接受了他的“割爱主义”：写文章少说废话，开门见山；拐弯抹角的地方求其挺拔，避免茸阘。

午后的课程大致不能令学生满意。学校聘请教员只知道注意其有无举人、进士的头衔，而不问其是否为优良教师。尤其是“五四”以后的几年，学生求知若渴，不但要求新知，对于中国旧学问也要求用新眼光来处理。比我低一班的朱湘先生就跑到北大旁听去了。清华午后上课情形简直是荒唐！先生点名，一个学生可以代替许多学生答到，或者答到之后就开溜，留在课室者可以写信、看小说甚至打瞌睡，而先生高踞讲坛视若无睹。我记得清清楚楚，有一位叶先生年老而无须，有一位学生发问了：“先生，你为什么不生胡须？”先生急忙用手遮盖他的下巴，缩颈俯首而不答，全班哄笑。这一类不成体统的事不止一端。

于此我不能不提到梁任公先生。大概是我毕业前一年，我们几个学生集议想请他来演讲。他的大公子梁思成是我的同班同学，梁思永、梁思忠也都在清华，所以我们经过思成的关系一约就成了。任公先生的学问、事业是大家敬仰的，尤其是他心胸开朗，思想赶得上潮流，在“五四”以后俨然是学术重镇。他身体不高，头秃，双目炯炯有光，走起路来昂首阔步，一口广东官话，声如洪钟。他讲演的题目是《中国韵文里表现的情感》。他情感丰富，记忆力强，用手一敲秃头便能背诵出一大段诗词，有时手之舞之足之蹈之，有时口沫四溅涕泗滂沱，频频的从口袋里掏出一块大毛巾来揩眼睛。这篇演讲分数次讲完，有异常的成功，我个人对中国文学的兴趣就是被这一篇演讲所鼓动起来的。以前读曾毅《中国文学史》，因为授课的先生只是照着书本读一遍，毫无发挥，所以我越读越不感兴趣。任公先生以后由学校聘请住在工字厅主讲《中国历史研究法》，更以后清华大学成立，他被聘为研究所教授，那是后话了。

还有些位老师我也是不能忘记的。教音乐的Miss Seeley和教图画的Miss Starr和Miss Lyggate都启迪了我对艺术的爱好。我本来喉音不坏，被选为“少年歌咏团”的团员，一共十二个人，除了我之外有赵敏恒、梅旸春、项谔、吴去非、李先闻、熊式一、吴鲁强、胡光澄、杜钟珩、郭殿邦等，我的嗓音最高，曾到城里青年会表演过一次 Human Piano（人造钢琴），我代表最高音。以后我倒了嗓子，同时 Seeley 女士离校后也没有人替其指导，我对音乐便失去了兴趣，没有继续修习，以至于如今对于音乐几乎完全是个聋子，中国音乐不懂，外国音乐也不通，变成了一个“内心没有音乐的人”，想起来实在可怕。讲到图画，我从小就喜欢，涂抹几笔是可以的，但无天才，清华的这两位教师给我的鼓励太多了，要我画炭画，描石膏像。记得最初是画院里的一棵松树，从基本上学习，但我没有能持续用功。我妄以为在小学时即已临摹王石谷、恽南田，如今还要回过头来画这些死东西？自以为这是委屈了我的才能，其实只是狂傲无知。到如今一点基本的功夫都没有，还谈得到什么用笔用墨？幼年时对艺术有一点点爱好，不值什么，没加上苦功，便毫无可观，我便是一例。

我不喜欢的课是数学。在小学时“鸡兔同笼”就已经把我搅昏了头，到清华习代数、几何、三角，更格格不入，从心里厌烦，开始时不用功，以后就很难跟上去，因此视数学课为畏途。我的一位同学孙筱孟比我更怕数学，每回遇到数学月考大考，他一看到题目就好像是“贾宝玉神游太虚幻境”一般，匆匆忙忙回寝室换裤子，历次不爽。我那时有一种奇异的想法，我将来不预备习理工，要这劳什子做什么？以“兴趣不合”四个字掩饰自己的懒惰、愚蠢。数学是人人要学的，人人可以学的，那是一种纪律，无所谓兴趣之合与不合。后来我和赵敏恒两个人同在美国一个大学读书，清华的分数单上数学一项都是勉强及格六十分，需要补修三角与立体几何。我们一方面懊恼，一方面引为耻辱，于是我们两个拼命用功，结果我们两个在全班上占第一、第二的位置，大考特准免予参加，以“甲上”成绩论。这证明什么？这证明没有人的兴趣是不近数学的，只要按部就班的用功，再加上良师诱导，就会发觉里面的趣味，万万不可任性，在学校里读书时万万不可相信什么“趣味主义”。

生物、物理、化学三门并非全是必修，预备习文法的只要修生物即可，这一规定也害我不浅，我选了比较轻松的生物，教我们生物的陈隽人先生，他对我们很宽，我在实验室里完全把时间浪费了。我怕触及蚯蚓、田鸡之类的活东西，闻到珂罗芳的味道就头痛，把蛤蟆四肢钉在木板上开刀取心脏是我最怵的事，所以总是请同学代为操刀，敷衍了事。物理、化学根本没有选修，至今引为憾事。

我的手很笨拙，小时候手工一向很坏，编纸、插豆、泥工、竹工的成绩向来羞于见人。清华亦有手工一课，教师是周永德。有一次他要我们每人作一个木质的方锥体，我实在作不好，就借用同学徐宗涑所作的成品去搪塞缴上。宗涑的手是灵巧的，他的方锥体作得方方正正、有棱有角，周先生给他打了个九十分。我拿同一个作品缴上去，他对我有偏见，仅打了七十分，我不答应，我自己把真相说穿。周先生大怒，说我不该借用别人的作品。我说："我情愿受罚，但是先生判分不公，怎么办呢？"先生也笑了。

多年父子成兄弟（节选）

汪曾祺

这是我父亲的一句名言。

父亲是个绝顶聪明的人。他是画家，会刻图章，画写意花卉。图章初宗浙派，中年后治汉印。他会摆弄各种乐器，弹琵琶，拉胡琴，笙箫管笛，无一不通。他认为乐器中最难的其实是胡琴，看起来简单，只有两根弦，但是变化很多，两手都要有功夫。他拉的是老派胡琴，弓子硬，松香滴得很厚——现在拉胡琴的松香都只滴了薄薄的一层，他的胡琴音色刚亮。胡琴码子都是他自己刻的，他认为买来的不中使。他养蟋蟀，养金铃子。他养过花。他养的一盆素心兰在我母亲病故那年死了，从此他就不再养花。我母亲死后，他亲手给她做了几箱子冥衣——我们那里有烧冥衣的风俗。按照母亲生前的喜好，选购了各种花素色纸作衣料，单夹皮棉，四时不缺。他做的皮衣能分得出小麦穗、羊羔、灰鼠、狐肷。

父亲是个很随和的人，我很少见他发过脾气，对待子女，从无疾言厉色。他爱孩子，喜欢孩子，爱跟孩子玩，带着孩子玩。我的姑妈称他为“孩子头”。春天，不到清明，他领一群孩子到麦田里放风筝。放的是他自己糊的蜈蚣（我们那里叫“百脚”），是用染了色的绢糊的。放风筝的线是胡琴的老弦。老弦结实而轻，这样风筝可笔直的飞上去，没有“肚儿”。用胡琴弦放风筝，我还未见过第二人。清明节前，小麦还没有“起身”，是不怕践踏的，而且越踏会越长得旺。孩子们在屋里闷了一冬天，在春天的田野里奔跑跳跃，身心都极其畅快。他用钻石刀把玻璃裁成不同形状的小块，再一块一块逗拢，接缝处用胶水粘牢，做成小桥、小亭子、八角玲珑水晶球。桥、亭、球是中空的，里面养了金铃子。从外面可以看到金铃子在里面自在爬行，振翅鸣叫。他会做各种灯。用浅绿透明的“鱼鳞纸”扎了一只纺织娘，栩栩如生。用西洋红染了色，上深下浅，通草做花瓣，做了一个重瓣荷花灯，真是美极了。在小西瓜（这是拉秧的小瓜，因其小，不中吃，叫做

"打瓜"或"笃瓜"）上开小口挖净瓜瓤，在瓜皮上雕镂出极细的花纹，做成西瓜灯。我们在这些灯里点了蜡烛，穿街过巷，邻居的孩子都跟过来看，非常羡慕。

父亲对我的学业是关心的，但不强求。我小时了了，国文成绩一直是全班第一。我的作文，时得佳评，他就拿出去到处给人看。我的数学不好，他也不责怪，只要能及格，就行了。他画画，我小时也喜欢画画，但他从不指点我。他画画时，我在旁边看，其余时间由我自己乱翻画谱，瞎抹。我对写意花卉那时还不太会欣赏，只是画一些鲜艳的大桃子，或者我从来没有见过的瀑布。我小时字写得不错，他倒是给我出过一点主意。在我写过一阵《圭峰碑》和《多宝塔》以后，他建议我写写《张猛龙》。这建议是很好的，到现在我写的字还有《张猛龙》的影响。我初中时爱唱戏，唱青衣，我的嗓子很好，高亮甜润。在家里，他拉胡琴，我唱。我的同学有几个能唱戏的。学校开同乐会，他应我的邀请，到学校去伴奏。几个同学都只是清唱，有一个姓费的同学借到一顶纱帽，一件蓝官衣，扮起来唱《朱砂井》，但是没有配角，没有衙役，没有犯人，只是一个赵廉，摇着马鞭在台上走了两圈，唱了一段"郿坞县在马上心神不定"，便完事下场。父亲那么大的人陪着几个孩子玩了一下午，还挺高兴。我十七岁初恋，暑假里，在家写情书，他在一旁瞎出主意！我十几岁就学会了抽烟喝酒。他喝酒，给我也倒一杯。抽烟，一次抽出两根，他一根我一根。他还总是先给我点上火。我们的这种关系，他人或以为怪。父亲说："我们是多年父子成兄弟。"

我和儿子的关系也是不错的。对儿子的几次恋爱，我采取的态度是"闻而不问"。了解，但不干涉。我们相信他自己的选择、他的决定。最后，他悄悄和一个小学时期的女同学好上了，结了婚。有了一个女儿，已近七岁。

我的孩子有时叫我"爸"，有时叫我"老头子！"，连我的孙女也跟着叫。我的亲家母说这孩子"没大没小"。我觉得一个现代化的、充满人情味的家庭，首先必须做到"没大没小"。父母叫人敬畏，儿女"笔管条直"，最没有意思。

儿女是属于他们自己的。他们的现在和他们的未来，都应由他们自己来设计。一个想用自己理想的模式塑造自己的孩子的父亲是愚蠢的，而且，可恶！另外，作为一个父亲，应该尽量保持一点童心。

1990 年 9 月 1 日

旧病杂忆

汪曾祺

对口

那年我还小，记不清是几岁了。我母亲故去后，父亲晚上带着我睡。我觉得脖子后面不舒服。父亲拿灯照照，肿了，有一个小红点。半夜又照照，有一个小桃子大了。天亮再照照，有一个莲子盅大了。父亲说：“坏了，是对口！”

“对口”是长在第三节颈椎处的恶疮，因为正对着嘴，故名“对口”，又叫“砍头疮”。过去刑人，下刀处正在这个地方。——杀头不是乱砍的，用刀在第三颈节处使巧劲一推，脑袋就下来了，“身首异处”。“对口”很厉害，弄不好会把脖子烂通。——那成什么样子！

父亲拉着我去看张冶青。张冶青是我父亲的朋友，是西医外科医生，但是他平常极少为人治病，在家闲居。他叫我趴在茶几上，看了看，哆里哆嗦地找出一包手术刀，挑了一把，在酒精灯上烧了烧。这位张先生，连麻药都没有！我父亲在我嘴里塞了一颗蜜枣，我还没有一点准备，只听得“呼”的一声，张先生已经把我的对口豁开了。他怎么挤脓挤血，我都没看见，因为我趴着。他拿出一卷绷带，搓成条，蘸上药——好像主要就是凡士林，用一个镊子一截一截塞进我的刀口，好长一段！这是我看见的。我没有觉得疼，因为这个对口已经熟透了，只觉得往里塞绷带时怪痒痒。都塞进去了，发胀。

我的蜜枣已经吃完了，父亲又塞给我一颗，回家！

张先生嘱咐第二天去换药。把绷带条抽出来，再用新的蘸了药的绷带条塞进去。换了三四次。我注意塞进去的绷带条越来越短了。不几天，就收口了。

张先生对我父亲说：“令郎真行，哼都不哼一声！”干吗要哼呢？我没觉得怎么疼。

以后，我这一辈子遇到生理上或心理上的病痛时，我都很少哼哼。难免要哼，但不是死去活来，弄得别人手足无措，惶惶不安。

现在我的后颈至今还落下了个疤拉。

衔了一颗蜜枣，就接受手术，这样的人大概也不多。

疟疾

我每年要发一次疟疾。从小学到高中，一年不落，而且有准季节。每年桃子一上市的时候，就快来了，等着吧。

有青年作家问爱伦堡："头疼是什么感觉？"他想在小说里写一个人头疼。爱伦堡说："这么说，你从来没有头疼过，那你真是幸福！"头疼的感觉是没法说的。中国（尤其是北方）很多人是没有得过疟疾的。如果有一位青年作家叫我介绍一下疟疾的感觉，我也没有办法。起先是发冷，来了！大老爷升堂了！——我们那里把疟疾开始发作，叫做"大老爷升堂"，不知是何道理。赶紧钻被窝。冷！盖了两床厚棉被还是冷，冷得牙齿得得地响。冷过了，发热，浑身发烫。而且，剧烈地头疼。有一首散曲咏疟疾："冷时节似冰凌上坐，热时节似蒸笼里卧，疼时节疼得天灵破，天呀天，似这等寒来暑往人难过！"反正，这滋味不大好受。好了！出汗了！大汗淋漓，内衣湿透，遍体轻松，疟疾过去了，"大老爷退堂"。擦擦额头的汗，饿了！坐起来，粥已经煮好了，就一碟甜酱小黄瓜，喝粥，香啊！

杜牧诗云“忍过事则喜”，对于疟疾也只有忍之一法。挺挺，就过来了，也吃几剂汤药（加减小柴胡汤之类），不管事。发了三次之后，都还是吃“蓝印金鸡纳霜”（即奎宁片）解决问题。我父亲说我是阴虚，有一年让我吃了好些海参。每天吃海参，真不错！不过还是没有断根。一直到一九三九年，生了一场恶性疟疾，我身体内部的“古老又古老的疟原虫”才跟我彻底告别。

恶性疟疾是在越南得的。我从上海坐船经香港到河内，乘滇越铁路火车到昆明去考大学。到昆明寄住在同济中学的学生宿舍里，通过一个间接的旧日同学的关系。住了没有几天，病倒了。同济中学的那个学生把我弄到他们的校医室，验了血，校医说我血里有好几种病菌，包括伤寒病菌什么的，叫赶快送医院。

到医院，护士给我量了量体温，体温超过四十摄氏度。护士二话不说，先给我打了一剂强心针。我问：“要不要写遗书？”

护士嫣然一笑：“怕你烧得太厉害，人受不住！”

抽血，化验。

医生看了化验结果，说有多种病菌潜伏，但主要问题是恶性疟疾。开了注射药针。过了一会儿，护士拿了注射针剂来。我问："是什么针？"

"606。"

我赶紧声明，我生的不是梅毒，我从来没有……

"这是治疗恶性疟疾的特效药。奎宁、阿脱平，对你已经不起作用。"

606，疟原虫，伤寒菌，还有别的不知什么菌，在我的血管里混战一场。最后是606胜利了。病退了，但是人很"吃亏"，医生规定只能吃藕粉。藕粉这东西怎么能算是"饭"呢？我对医院里的藕粉印象极不佳，并从此在家里也不吃藕粉。后来可以喝蛋花汤。蛋花汤也不能算饭呀！

我要求出院，医生不准。我急了，说：我到昆明是来考大学的，明天就是考期，不让我出院，那怎么行！

医生同意了。

喝了一肚子蛋花汤，晕晕乎乎地进了考场。天可怜见，居然考取了！

自打生了一次恶性疟疾，我的疟疾就除了根，半个多世纪以来，没有复发过。也怪。

牙疼

我从大学时期，牙就不好。一来是营养不良，饥一顿，饱一顿；二来是不讲口腔卫生。有时买不起牙膏，常用食盐、烟灰胡乱地刷牙。又抽烟，又喝酒。于是牙齿龋蛀，时常发炎，——牙疼。牙疼不很好受，但不至于像契诃夫小说《马姓》里的老爷一样疼得吱哇乱叫。“牙疼不是病，疼起来要人命”，不见得。我对牙疼泰然置之，而且有点幸灾乐祸地想：我倒看你疼出一朵什么花来！我不会疼得“五心烦躁”，该咋着还咋着，照样活动。腮帮子肿得老高，还能谈笑风生，语惊一座。牙疼于我何有哉！

不过老疼，也不是个事。有一颗槽牙，已经活动，每次牙疼，它是祸始。我于是决心拔掉它。昆明有一个修女，又是牙医，据说治牙很好，又收费甚低，我于是攒借了一点钱，想去找这位修女。她在一个小教堂的侧门之内“悬壶”。不想到了那里，侧门紧闭，门上贴了一个字条：修女因事离开昆明，休诊半个月。我当时这个高兴呀！王子猷雪夜访戴，乘兴而去，兴尽而归，何必见戴！我拿了这笔钱，到了小西门马家牛肉馆，要了一盘冷拼，四两酒，美美地吃了一顿。

昆明七年，我没有治过一次牙。

在上海教书的时候，我听从一个老同学母亲的劝告，到她熟识的私人开业的牙医处让他看看我的牙。这位牙科医生，听他的姓就知道是广东人，姓麦。他拔掉我的早已糟朽不堪的槽牙。他的“手艺”（我一直认为治牙镶牙是一门手艺）如何，我不知道，但是我对他很有好感，因为他的候诊室里有一本 A. 纪德的《地粮》。牙科医生而读纪德，此人不俗！

到了北京，参加剧团，我的牙越发的不行，有几颗跟我陆续辞行了。有人劝我去装一副假牙，否则尚可效力的牙齿会向空缺的地方发展。通过一位名琴师的介绍，我去找了一位牙医。此人是京剧票友，唱大花脸。他曾为马连良做过一枚内外纯金的金牙。他拔掉我的两颗一提溜就下来的病牙，给我做了一副假牙，说：“你这样就可以吃饭了，可以说话了。”我还是应该感谢这位票友牙医，这副假牙让我能吃爆肚，虽然我觉得他颇有江湖气，不像上海的麦医生那样有书卷气。

“文化大革命”中，我正要出剧团的大门，大门“哐”的一声被踢开，正摔在我的脸上。我当时觉得嘴里乱七八糟！吐出来一看，我的上下四颗门牙都被震下来了，假牙也断成了两截。踢门的是一个翻跟头的武戏演员，没有文化。就是他，有一天到剧团来大声嚷嚷："同志们！告诉你们一个好消息，往后吃油饼便宜了！"——"怎么啦？"——"大庆油田出油了！"这人一向是个冒失鬼。剧团的大门是可以里外两面开的玻璃门，玻璃上糊了一层报纸，他看不见里面有人出来。这小子不推门，一脚踹开了。他直道歉："对不起！对不起！"我说："没事儿！没事儿！你走吧！"对这么个人，我能说什么呢？他又不是有心。掉了四颗门牙，竟没有流一滴血，可见这四颗牙已经衰老到什么程度，掉了就掉了吧。假牙左边半截已经没有用处，右边的还能凑合一阵。我就把这半截假牙单摆浮搁地安在牙床上，既没有钩子，也没有套子，嗨，还真能嚼东西。当然也有不方便处：一、不能吃脆萝卜（我最爱吃萝卜）；二、不能吹笛子了（我的笛子原来是吹得不错的）。

这样对付了好几年。直到一九八五年我随代表团访问香港前，我才下决心另装一副假牙。有人跟我说："瞧你那嘴牙，七零八落，简直有伤国体！"

我找到一个小医院，建筑工人医院。医院的一个牙医师小宋是我的读者，可以不用挂号、排队，进门就看。小宋给我检查了一下，又请主任医师来看看。这位主任用镊子依次掰了一下我的牙，说："都得拔了。全部'二度动摇'。做一副满口。这么凑合，不行。做一副，过两天，又掉了，又得重做，多麻烦！"我说："行！不过再有一个月，我就要到香港去，拔牙、安牙，来得及吗？"——"来得及。"主任去准备麻药，小宋悄悄跟我说："我们主任，是在日本学的。她的劲儿特别大，出名的手狠。"我的硕果仅存的十一颗牙，一个星期，分三次，全部拔光。我于拔牙，可谓曾经沧海，不在乎。不过拔牙后还得修理牙床骨，——因为牙掉的先后不同，早掉的牙床骨已经长了突起的骨质小骨朵，得削平了。这位主任真是大刀阔斧，不多一会儿，就把我的牙床骨铲平了。小宋带我到隔壁找做牙的技师小马，当时就咬了牙印。

一般拔牙后要经一个月，等伤口长好才能装假牙。但有急需，也可以马上就做，这有个专用名词，叫做"即刻"。

"即刻"本是权宜之计，小马让我从香港回来再去做一副。我从香港回来，找了小马，小马把我的假牙看了看，问我："有什么不舒服吗？"——"没有。"——"那就不用再做了，你这副很好。"

我从拔牙到装上假牙，一共才用了两个星期，而且一次成功，少有。这副假牙我一直用到现在。

常见很多人安假牙老不合适，不断修理，一再重做，最后甚至就不再戴。我想，也许是因为假牙做得不好，但是也由于本人不能适应，稍不舒服，即觉得别扭。要能适应。假牙嘛，哪能一下就合适，开头总会格格不入的。慢慢地，等牙床和假牙已经严丝合缝，浑然一体，就好了。

凡事都是这样，要能适应、习惯、凑合。

1992 年 2 月 22 日

辑三

诗酒趁年华

从百草园到三味书屋[①]

鲁迅

我家的后面有一个很大的园，相传叫作百草园。现在是早已并屋子一起卖给朱文公的子孙了，连那最末次的相见也已经隔了七八年，其中似乎确凿只有一些野草；但那时却是我的乐园。

不必说碧绿的菜畦，光滑的石井栏，高大的皂荚树，紫红的桑椹；也不必说鸣蝉在树叶里长吟，肥胖的黄蜂伏在菜花上，轻捷的叫天子（云雀）忽然从草间直窜向云霄里去了。单是周围的短短的泥墙根一带，就有无限趣味。油蛉在这里低唱，蟋蟀们在这里弹琴。翻开断砖来，有时

① 发表于 1926 年 10 月 10 日《莽原》半月刊第一卷第十九期。

会遇见蜈蚣；还有斑蝥，倘若用手指按住它的脊梁，便会拍的一声，从后窍喷出一阵烟雾。何首乌藤和木莲藤缠络着，木莲有莲房一般的果实，何首乌有臃肿的根。有人说，何首乌根是有像人形的，吃了便可以成仙，我于是常常拔它起来，牵连不断地拔起来，也曾因此弄坏了泥墙，却从来没有见过有一块根像人样。如果不怕刺，还可以摘到覆盆子，像小珊瑚珠攒成的小球，又酸又甜，色味都比桑椹要好得远。

长的草里是不去的，因为相传这园里有一条很大的赤练蛇。

长妈妈曾经讲给我一个故事听：先前，有一个读书人住在古庙里用功，晚间，在院子里纳凉的时候，突然听到有人在叫他。答应着，四面看时，却见一个美女的脸露在墙头上，向他一笑，隐去了。他很高兴；但竟给那走来夜谈的老和尚识破了机关。说他脸上有些妖气，一定遇见“美女蛇”了；这是人首蛇身的怪物，能唤人名，倘一答应，夜间便要来吃这人的肉的。他自然吓得要死，而那老和尚却道无妨，给他一个小盒子，说只要放在枕边，便可高枕而卧。他虽然照样办，却总是睡不着，——当然睡不着的。到半夜，果然来了，沙沙沙！门外像是风雨声。他正抖作一团时，却听得豁的一声，一道金光从枕边飞出，外面便什么声音也没有了，那金光也就飞回来，敛在盒子里。后来呢？后来，老和尚说，这是飞蜈蚣，它能吸蛇的脑髓，美女蛇就被它治死了。

结末的教训是：所以倘有陌生的声音叫你的名字，你万不可答应他。

这故事很使我觉得做人之险，夏夜乘凉，往往有些担心，不敢去看墙上，而且极想得到一盒老和尚那样的飞蜈蚣。走到百草园的草丛旁边时，也常常这样想。但直到现在，总还是没有得到，但也没有遇见过赤练蛇和美女蛇。叫我名字的陌生声音自然是常有的，然而都不是美女蛇。

冬天的百草园比较的无味；雪一下，可就两样了。拍雪人（将自己的全形印在雪上）和塑雪罗汉需要人们鉴赏，这是荒园，人迹罕至，所以不相宜，只好来捕鸟。薄薄的雪，是不行的；总须积雪盖了地面一两天，鸟雀们久已无处觅食的时候才好。扫开一块雪，露出地面，用一枝短棒支起一面大的竹筛来，下面撒些秕谷，棒上系一条长绳，人远远地牵着，看鸟雀下来啄食，走到竹筛底下的时候，将绳子一拉，便罩住了。但所得的是麻雀居多，也有白颊的“张飞鸟”，性子很躁，养不过夜的。

这是闰土的父亲所传授的方法，我却不大能用。明明见它们进去了，拉了绳，跑去一看，却什么都没有，费了半天力，捉住的不过三四只。闰土的父亲是小半天便能捕获几十只，装在叉袋里叫着撞着的。我曾经问他得失的缘由，他只静静地笑道：你太性急，来不及等它走到中间去。

我不知道为什么家里的人要将我送进书塾里去了，而且还是全城中称为最严厉的书塾。也许是因为拔何首乌毁了泥墙罢，也许是因为将砖头抛到间壁的梁家去了罢，也许是因为站在石井栏上跳了下来罢，……都无从知道。总而言之：我将不能常到百草园了。Ade[①]，我的蟋蟀们！Ade，我的覆盆子们和木莲们！……

出门向东，不上半里，走过一道石桥，便是我的先生[②]的家了。从一扇黑油的竹门进去，第三间是书房。中间挂着一块扁道：三味书屋；扁下面是一幅画，画着一只很肥大的梅花鹿伏在古树下。没有孔子牌位，我们便对着那扁和鹿行礼。第一次算是拜孔子，第二次算是拜先生。

第二次行礼时，先生便和蔼地在一旁答礼。他是一

---

① 德语，意为再见。

② 我的先生，指寿怀鉴（1849—1930），字镜吾，清末秀才。

个高而瘦的老人，须发都花白了，还戴着大眼镜。我对他很恭敬，因为我早听到，他是本城中极方正，质朴，博学的人。

不知从那里听来的，东方朔也很渊博，他认识一种虫，名曰“怪哉”，冤气所化，用酒一浇，就消释了。我很想详细地知道这故事，但阿长是不知道的，因为她毕竟不渊博。现在得到机会了，可以问先生。

“先生，‘怪哉’这虫，是怎么一回事？……”我上了生书，将要退下来的时候，赶忙问。

“不知道！”他似乎很不高兴，脸上还有怒色了。

我才知道做学生是不应该问这些事的，只要读书，因为他是渊博的宿儒，决不至于不知道，所谓不知道者，乃是不愿意说。年纪比我大的人，往往如此，我遇见过好几回了。

我就只读书，正午习字，晚上对课[①]。先生最初这几天对我很严厉，后来却好起来了，不过给我读的书渐渐加多，对课也渐渐地加上字去，从三言到五言，终于到七言。

---

① 对课，旧时塾师教学生作诗的一种方法。教师出上句，学生作虚实平仄对应的下句，以练习对仗。

三味书屋后面也有一个园，虽然小，但在那里也可以爬上花坛去折腊梅花，在地上或桂花树上寻蝉蜕。最好的工作是捉了苍蝇喂蚂蚁，静悄悄地没有声音。然而同窗们到园里的太多，太久，可就不行了，先生在书房里便大叫起来：

“人都到那里去了?！”

人们便一个一个陆续走回去；一同回去，也不行的。他有一条戒尺，但是不常用，也有罚跪的规则，但也不常用，普通总不过瞪几眼，大声道：

“读书！”

于是大家放开喉咙读一阵书，真是人声鼎沸。有念“仁远乎哉我欲仁斯仁至矣”的，有念“笑人齿缺曰狗窦大开”的，有念“上九潜龙勿用”的，有念“厥土下上上错厥贡苞茅橘柚”的……。先生自己也念书。后来，我们的声音便低下去，静下去了，只有他还大声朗读着：

“铁如意，指挥倜傥，一座皆惊呢——；金叵罗，颠倒淋漓噫，千杯未醉嗬——……”[①]

---

① 此句出自清末刘翰作《李克用置酒三垂岗赋》，内容是颂扬五代后唐君主李克用父子的武功。见清王先谦编《清嘉集初编》卷五。

我疑心这是极好的文章，因为读到这里，他总是微笑起来，而且将头仰起，摇着，向后面拗过去，拗过去。

先生读书入神的时候，于我们是很相宜的。有几个使用纸糊的盔甲套在指甲上做戏。我是画画儿，用一种叫作"荆川纸"的，蒙在小说的绣像上一个个描下来，像习字时候的影写一样。读的书多起来，画的画也多起来；书没有读成，画的成绩却不少了，最成片段的是《荡寇志》和《西游记》的绣像，都有一大本。后来，因为要钱用，卖给一个有钱的同窗了。他的父亲是开锡箔店的；听说现在自己已经做了店主，而且快要升到绅士的地位了。这东西早已没有了罢。

9月18日

我是扬州人（节选）

朱自清

有些国语教科书里选得有我的文章，注解里或说我是浙江绍兴人，或说我是江苏江都人——就是扬州人。有人疑心江苏江都人是错了，特地老远的写信托人来问我。我说两个籍贯都不算错，但是若打官话，我得算浙江绍兴人。浙江绍兴是我的祖籍或原籍，我从进小学就填的这个籍贯；直到现在，在学校里服务快三十年了，还是报的这个籍贯。不过绍兴我只去过两回，每回只住了一天；而我家里除先母外，没一个人会说绍兴话。

我家是从先祖才到江苏东海做小官。东海就是海州，现在是陇海路的终点。我就生在海州。四岁的时候先父又到邵伯镇做小官，将我们接到那里。海州的情形我全不记得了，只对海州话还有亲热感，因为父亲的扬州话里夹着不少海州口音。在邵伯住了差不多两年，是住在万寿宫里。万寿宫的院子很大，很静；门口就是运河。河坎很高，我常向河里扔瓦片玩儿。邵伯有个铁牛湾，那儿有一条铁牛镇压着。父亲的当差常抱我去看它，骑它，抚摩它。镇里的情形我也差不多忘记了。只记住在镇里一家人家的私塾里读过书，在那里认识了一个好朋友叫江家振。我常到他家玩儿，傍晚和他坐在他家荒园里一根横倒的枯树干上说着话，依依不舍，不想回家。这是我第一个好朋友，可惜他未成年就死了；记得他瘦得很，也许是肺病罢？

六岁那一年父亲将全家搬到扬州。后来又迎养先祖父和先祖母。父亲曾到江西做过几年官，我和二弟也曾去过江西一年；但是老家一直在扬州住着。我在扬州读初等小学，没毕业；读高等小学，毕了业；读中学，也毕了业。我的英文得力于高等小学里一位黄先生，他已经过世了。还有陈春台先生，他现在是北平著名的数学教师。这两位先生讲解英文真清楚，启发了我学习的兴趣；只恨我始终没有将英文学好，愧对这两位老师。还有一位戴子秋先生，也早过世了，我的国文是跟他老人家学着做通了的。

那是辛亥革命之后在他家夜塾里的时候。中学毕业，我是十八岁，那年就考进了北京大学预科，从此就不常在扬州了。

就在十八岁那年冬天，父亲母亲给我在扬州完了婚。内人武钟谦女士是杭州籍，其实也是在扬州长成的。她从不曾去过杭州；后来同我去是第一次。她后来因为肺病死在扬州，我曾为她写过一篇《给亡妇》。我和她结婚的时候，祖父已死了好几年了。结婚后一年祖母也死了。他们两老都葬在扬州，我家于是有祖茔在扬州了。后来亡妇也葬在这祖茔里。母亲在抗战前两年过去，父亲在胜利前四个月过去，遗憾的是我都不在扬州；他们也葬在那祖茔里。这中间叫我痛心的是死了第二个女儿！她性情好，爱读书，做事负责任，待朋友最好。已经成人了，不知什么病，一天半就完了！她也葬在祖茔里。我有九个孩子。除第二个女儿外，还有一个男孩不到一岁就死在扬州；其余亡妻生的四个孩子都曾在扬州老家住过多少年。这个老家直到今年夏初才解散了，但是还留着一位老年的庶母在那里。

我家跟扬州的关系，大概够得上古人说的“生于斯，死于斯，歌哭于斯”了。现在亡妻生的四个孩子都已自称为扬州人了；我比起他们更算是在扬州长成的，天然更该算是扬州人了。但是从前一直马马虎虎的骑在墙上，并且自称浙江人的时候还多些，又为了什么呢？这一半因为报的是浙江籍，求其一致；一半也还有些别的道理。这些道理第一桩就是籍贯是无所谓的。那时要做一个世界人，连国籍都觉得狭小，不用说省籍和县籍了。那时在大学里觉得同乡会最没有意思。我同住的和我来往的自然差不多都是扬州人，自己却因为浙江籍，不去参加江苏或扬州同乡会。可是虽然是浙江绍兴籍，却又没跟一个道地浙江人来往，因此也就没人拉我去开浙江同乡会，更不用说绍兴同乡会了。这也许是两栖或骑墙的好处罢？然而出了学校以后到底常常会遇到道地绍兴人了。我既然不会说绍兴话，并且除了花雕和兰亭外几乎不知道绍兴的别的情形，于是乎往往只好自己承认是假绍兴人。那虽然一半是玩笑，可也有点儿窘的。

还有一桩道理就是我有些讨厌扬州人。但是我也并不抹煞扬州的好处，曾经写过一篇《扬州的夏日》，还有在《看花》里也提起扬州福缘庵的桃花。再说现在年纪大些了，觉得小气和虚气都可以算是地方气，绝不止是扬州人如此。从前自己常答应人说自己是绍兴人，一半又因为绍兴人有些戆[1]气，而扬州人似乎太聪明。其实扬州人也未尝没戆气，我的朋友任中敏（二北）先生，办了这么多年汉民中学，不管人家理会不理会，难道还不够“戆”的！绍兴人固然有戆气，但是也许还有别的气我讨厌的，不过我不深知罢了。这也许是阿Q的想法罢？然而我对于扬州的确渐渐亲热起来了。

扬州真像有些人说的，不折不扣是个有名的地方。不用远说，李斗《扬州画舫录》里的扬州就够羡慕的。可是现在衰落了，经济上是一日千丈的衰落了，只看那些没精打采的盐商家就知道。然而年纪大起来了，世界人到底做不成，我要一个故乡。俞平伯先生有一行诗，说“把故乡掉了”。其实他掉了故乡又找到了一个故乡；他诗文里提到苏州那一股亲热，是可羡慕的，苏州就算是他的故乡了。他在苏州度过他的童年，所以提起来一点一滴都亲亲热热的，童年的记忆最单纯最真切，影响最深最久；种种悲欢离合，回想起来最有意思。“青灯有味是儿时”，其实不止青灯，儿时的一切都是有味的。这样看，在那儿度过童年，就算那儿是故乡，大概差不多罢？

---

① 戆（gàng），愣。

这样看，就只有扬州可以算是我的故乡了。何况我的家又是“生于斯，死于斯，歌哭于斯”呢？所以扬州好也罢，歹也罢，我总该算是扬州人的。

1946 年 9 月 25 日作

择偶记

朱自清

自己是长子长孙，所以不到十一岁就说起媳妇来了。那时对于媳妇这件事简直茫然，不知怎么一来，就已经说上了。是曾祖母娘家人，在江苏北部一个小县份的乡下住着。家里人都在那里住过很久，大概也带着我；只是太笨了，记忆里没有留下一点影子。祖母常常躺在烟榻上讲那边的事，提着这个那个乡下人的名字。起初一切都像只在那白腾腾的烟气里。日子久了，不知不觉熟悉起来了，亲昵起来了。除了住的地方，当时觉得那叫做“花园庄”的乡下实在是最有趣的地方了。因此听说媳妇就定在那里，倒也仿佛理所当然，毫无意见。每年那边田上有人来，蓝布短打扮，衔着旱烟管，带好些大麦粉、白薯干儿之类。

他们偶然也和家里人提到那位小姐，大概比我大四岁，个儿高，小脚；但是那时我热心的其实还是那些大麦粉和白薯干儿。

记得是十二岁上，那边捎信来，说小姐痨病死了。家里并没有人叹惜；大约他们看见她时她还小，年代一多，也就想不清是怎样一个人了。父亲其时在外省做官，母亲颇为我亲事着急，便托了常来做衣服的裁缝做媒。为的是裁缝走的人家多，而且可以看见太太小姐。主意并没有错，裁缝来说一家人家，有钱，两位小姐，一位是姨太太生的；他给说的是正太太生的大小姐。他说那边要相亲。母亲答应了，定下日子，由裁缝带我上茶馆。记得那是冬天，到日子母亲让我穿上枣红宁绸袍子，黑宁绸马褂，戴上红帽结儿的黑缎瓜皮小帽，又叮嘱自己留心些。茶馆里遇见那位相亲的先生，方面大耳，同我现在年纪差不多，布袍布马褂，像是给谁穿着孝。这个人倒是慈祥的样子，不住地打量我，也问了些念什么书一类的话。回来裁缝说人家看得很细：说我的“人中”长，不是短寿的样子，又看我走路，怕脚上有毛病。总算让人家看中了，该我们看人家了。母亲派亲信的老妈子去。老妈子的报告是，大小姐个儿比我大得多，坐下去满满一圈椅；二小姐倒苗苗条条的。母亲说胖了不能生育，像亲戚里谁谁谁；教裁缝说二小姐。那边似乎生了气，不答应，事情就摧了。

母亲在牌桌上遇见一位太太，她有个女儿，透着聪明伶俐。母亲有了心，回家说那姑娘和我同年，跳来跳去的，还是个孩子。隔了些日子，便托人探探那边口气。那边做的官似乎比父亲的更小，那时正是光复的前年，还讲究这些，所以他们乐意做这门亲。事情已到九成九，忽然出了岔子。本家叔祖母用的一个寡妇老妈子熟悉这家子的事，不知怎么教母亲打听着了。叫她来问，她的话遮遮掩掩的。到底问出来了，原来那小姑娘是抱来的，可是她一家很宠她，和亲生的一样。母亲心冷了。过了两年，听说她已生了痨病，吸上鸦片烟了。母亲说，幸亏当时没有定下来。我已懂得一些事了，也这末想着。

光复那年，父亲生伤寒病，请了许多医生看。最后请着一位武先生，那便是我后来的岳父。有一天，常去请医生的听差回来说，医生家有位小姐。父亲既然病着，母亲自然更该担心我的事。一听这话，便追问下去。听差原只顺口谈天，也说不出个所以然。母亲便在医生来时，教人问他轿夫，那位小姐是不是他家的。轿夫说是的。母亲便和父亲商量，托舅舅问医生的意思。那天我正在父亲病榻旁，听见他们的对话。舅舅问明了小姐还没有人家，便说，像 × 翁这样人家怎末样？医生说，很好呀。话到此为止，接着便是相亲；还是母亲那个亲信的老妈子去。这回报告不坏，说就是脚大些。事情这样定局，母亲教轿夫回去说，让小姐裹上点儿脚。妻嫁过来后，说相亲的时候早躲开了，看见的是另一个人。至于轿夫捎的信儿，却引起了一段小小风波。岳父对岳母说，早教你给她裹脚，你不信；瞧，人家怎末说来着！岳母说，偏偏不裹，看他家怎末样！可是到底采取了折衷的办法，直到妻嫁过来的时候。

1934 年 3 月作

我的中学生时代

夏丏尊

中学校时代，在年龄上是指十三四岁到十八九岁的一段。我今年四十六岁，我的中学校时代已是三十年以前的事了。那时正是由科举过渡到学校的当儿，学校未兴，私塾是唯一的学校。我自幼也从塾师读经书，学八股，考秀才，后来且考过举人。及科举全废的前两三年，然后改进学校，可是未曾在什么学校里毕过业，未曾得过卒业文凭。

我上代是经商的，父亲却是个秀才。在十岁以前，祖父的事业未倒，家境很不坏，兄弟五人中据说我在八字上可以读书，于是祖父与父亲都期望我将来中举人点翰林，光大门楣，不预备叫我去学生意。在我家坐馆的先生也另眼相看，我所读的功课是和我的兄弟们不同的。他们读毕四书，就读些《幼学琼林》和尺牍书类，而我却非读《左传》《诗经》《礼记》等等不可。他们不必做八股文，而我却非做八股文不可。因为我是要预备将来做读书人的。

十六岁那年我考得了秀才，以后不久八股即废，改“以策论取士”。八股在戊戌政变时曾废过，不数月即恢复，至是时乃真废了。这改革使全国的读书人大起恐慌。当时的读书人大都是一味靠八股吃饭的，他们平日朝夕所读的是八股，案头所列的是闱墨或试帖诗，经史向不研究，“时务”更所茫然。我虽八股的积习未深，不曾感到很大的不平，但要从师也无师可从，只是把《大题文府》等类搁起，换些《东来博议》《读通鉴论》《古文观止》之类的东西来读，把白折纸废去，临摹碑帖，再把当时唯一的算术书《笔算数学》买来自修而已。

那时我家里的情况已大不如从前了。最初是祖父的事业失败，不久祖父即去世。父亲是少爷出身，舒服惯了的。兄弟们为家境所迫，都托亲友介绍，提早作商店学徒去了。五间三进的宽大而贫乏的家里，除了母亲和一个嫂子，就剩了父子两个老小秀才。父亲的书箱里，八股文以外有一部《史记》，一部《前汉后书》，一部《韩昌黎集》，一部《唐诗三百首》，一部《通鉴纲目》，一部《文选》，一部《聊斋志异》，一部《红楼梦》，一部《西厢记》，一部《经策通纂》，一部《皇清经解》，还有几种唐人的碑帖与《桐荫论画》等论书画的东西。父子把这些书作长日的消遣，父亲爱写字，种花，整洁屋室，室里干净清静得如庵院一般。这样地过了约莫一年。

亲戚中从上海回来的，都来劝读外国书（即现在的所谓进学校）。当时内地无学校，要读外国书只有到上海。据说上海最有名的是梵王渡（即现在的圣约翰大学），如果在那里毕业，包定有饭吃。父母也觉得科举快将全废，长此下去究不是事，于是就叫我到上海去读外国书。当时读外国书的地方并不多，外国人立的只有梵王渡、震旦与中西书院，中国人立的只有南洋公学。我是去读外国书的，当然要进外国人的学校。震旦是读法文的，梵王渡据说程度较高，要读过几年英文才能进去，中西书院（即现在东吴大学的前身）入学比较容易些，我于是就进中西书院。

那时生活程度还很低，可是学费却已并不便宜，中西书院每半年记得要缴费四十八元。家中境况已甚拮据，我的第一次半年的学费还是母亲把首饰变卖了给我的。我与便友同伴到了上海，由大哥送我入中西书院。那时我年十七。

中西书院分为六年（？）毕业，初等科三年，高等科三年，此外还有特科若干年。我当然进初等科，那时功课不限定年级，是依学生的程度定的。英文是甲班的，算学如果有些根底就可入乙班，国文好的可以入丙班。我英文初读，入甲班，最初读的是《华英初阶》；算学乙班，读《笔算数学》；国文，甲班；其余各科也参差不齐，记不清楚了。各种学科中，最被人看不起的是国文，上课与否可以随便，最注重的是英文。时间表很简单，每日上午全读英文，下午第一时板定是算学，其余各科则配搭在数学以后。监院（即校长）是美国人潘慎文，教习有史拜言、谢鸿赉等。同学一百多人，大多数是包车接送的富者之子，间有贫寒子弟，则系基督教徒，受有教会补助，读书不用花钱的。我的同学中很有许多现今知名之士。记得名律师丁榕、经济大家马寅初，都是我的先辈的同学。

中西书院门禁森严，除通学生外，非得保证人来信不能出大门一步，并且星期日不能告假（因为要做礼拜），情形几等于现在的旧式女学校。告假限在星期六下午。我的保证人是我的大哥，他在商店做事，每月只来带我出去一次，有时他自己有事，也就不来领我。我在那里几乎等于笼鸟，尤其是礼拜日，逃不掉做礼拜觉得很苦。

礼拜真正多极。每日上课前要做礼拜，星期三晚上要做礼拜，星期日早晨要做礼拜，晚上又要做礼拜。每次礼拜有舍监来各房间查察，非去不可。每日早晨的礼拜约须三十分钟，其余的都要费一小时以上。唱赞美歌，祷告，讲经，厌倦非凡。这种麻烦，如果叫现今每周只做一次纪念周犹嫌费事的学生诸君去尝，不知能否忍耐呢。

读了一学期，学费无法继续，于是只好仍旧在家里，用《华英进阶》《华英字典》(这是中国第一部英文字典，商务出版)、《代数备旨》等书自修。另外再作些策论《四书义》，请邑中的老先生评阅。秋间再去考乡试，举人当然无望，却从临书时肆（当时平日书店很少，一至考试时，试院附近临时书店如林）买了严译《原富》《天演论》等书回来，莫名其妙地翻阅。我也向朋友那里借了《新民丛报》等来看，由是对于明末清初的故事与文章很有兴味，《明季稗史》《明夷待访录》《吴梅村集》《虞初新志》等书，都是我所耽读的。

十八岁那年，因了一位朋友的劝告，同到绍兴府学堂（即现在浙江第五中学的前身）入学。在那一二年中，内地学堂已成立了不少。当时办学概依奏定学堂章程，学制很划一。县有县学堂，性质为现在的高小程度，府学堂则相当于现在的中学，省学堂相当于大学预科，京师大学堂即现在的所谓大学了。学堂的成立，并无一定顺序，我们绍属是先有中学，后有小学的。府学堂不收学费，宿费更不须出，饭费只每月二元光景。并且学校由书院改设，书院制尚未全除，月考成绩若优，还有一元乃至几毛钱的“膏火”可得（膏火是书院时代的奖金名称，意思是灯油费）。读书不但可以不花钱，而且弄得好还有零用可获得的。

府学堂的科目记得为伦理、经学、国文、英文、史学、舆地、算学、格致（即现在的理化博物）、体操、测绘（用器画舆地图），功课亦依程度编级，一如中西书院的办法。我因英文已有半年每日三点钟及在家自修的成绩，居然大出风头，被排在程度顶高的一级里，算学与国文的班次也不低。同学之中年龄老大的很多，班级皆低于我，我于是颇受师友的青眼。

国文是一位王先生教的，选读《皇朝经世文编》，作文题是《范文正公为秀才时便以天下为己任》《士先器识而后文艺》之类。经学是徐先生（即刺恩铭的徐锡麟烈士）担任的，他叫我们读《公羊传》，上课时大发挥其微言大义。测绘也由这位徐先生担任。体操教师是一位日本人。他不会讲中国话，口令是用日本语的，故于最初就由他教我们几句体操用的日本语，如“立正”“向前”之类。伦理教师最奇特，他姓朱，是绍兴有名的理学家，有长长的须髯，走路踱方步，写字仿朱子。他教我们学“洒扫应对”“居敬存诚”，还教我们舞佾，拿了鸡尾似的劳什子作种种把戏。据他的主张，上课时书应端执在右手，不应挟在腋下；上班退班都须依照长幼之序“鱼贯而行”，不应作鸟兽散；见先生须作揖，表示敬意。我们虽不以为然，却不去加以攻击，只依老古董相待罢了。

当时青年界激昂慷慨，充满着蓬勃的朝气，似乎都对于中国怀着相当的期待，不像现在的消沉幻灭。庚子事件经过不久，又当日俄战争，风云恶劣。《新民丛报》《浙江潮》等杂志大受青年界的欢迎，报纸上的社论也大被注意阅读。那时恋爱尚未成为青年间的问题，出路的关心也不如现在的急切（因为读书人本来不大讲究出路），三四朋友聚谈，动辄就把话题移到革命上去。见了留学生从日本回来没有辫子，恨不得也去留学，可以把辫子剪去（当时普通人是不许剪辫子的）。见了花翎颜色顶子的官吏，就暗中憎恶，以为这是奴隶的装束。卢梭、罗兰夫人、马志尼等，都因了《新民丛报》的介绍，在我们的心胸里成了令人神往的理想人物。罗兰夫人的“自由，自由！天下几多罪恶假汝之名以行！”已成了摇笔即来的文章的套语了。

我在这样的空气中过了半年中学生活，第二学期又辍学了。这次辍学并非由于拿不出学费，乃是为了要代替父亲坐馆。父亲在一年来已在家授徒了，一则因邻近有许多小孩子要请人教书，二则父亲嫌家里房屋太大，住了太寂寞，于是在家里设起书塾来。来读的是几个族里与邻家的小孩。中途忽然有一位朋友要找父亲去替他帮忙，为了友谊与家计，都非去不可。书馆是不能中途解散的，家里又无男子，很不放心，于是就叫我辍学代庖。功课当然是我所教得来的。学生不多，时间很有余暇，于是一壁教书，一壁仍行自修。家里人颇思叫我永继父职，就长此教书下去。本乡小学校新立，也邀我去充教习，但我总觉得于心不甘。

恰好有一个亲戚的长辈从日本留学法政回来，说日本如何如何地好，求学如何如何地便利。我对于日本留学梦想已久了，听了他的话，心乃愈动。父母并不大反对，只是经费无着，乃遍访亲友借贷，很费力地集了五百元，冒险赴日。

当时赴日留学成为一种风气。东京有一个宏文学院，就是专为中国留学生办的，普通科二年毕业，除教日语外，兼教中学课程。凡想进专门以上的学校的，大概都在那里预备。我因学费不足两年的用度，乃于最初数月请一日本人专教日文，中途插入宏文学院普通科去。总算我的自修有效，英算各科居然尚能衔接赶上。在那里将毕业的前二三月，东京高等工业学校招考了，我不待毕业就去跨考，结果幸而被录取。当时规定，入了官立专门学校就有官费的，而浙江因人多不能照办。我入高工后快将一年，就领不到官费，家中已为我负债不少，结果乃又不得不中途辍学回国，谋职糊口。我的中学时代就此结束了，那年我二十一岁。

总计我的中学时代，经过许多的周折，东补西凑，断续不成片断。我为了修得区区的中学课程，曾经过不少磨难，空费过长期的光阴。这种困苦的经验，当时不但我个人有过，实可谓是一般的情形。现在的中学生在这点上真足羡艳，真是幸福。

1931年6月

紧张气氛的回忆

夏丏尊

前后约二十年的中学教师生活中，回忆起来自己觉得最像教师生活的，要算在××省×校担任舍监，和学生晨夕相共约七八年，尤其是最初的一二年。至于其余只任教课或在几校兼课的几年，跑来跑去简直松懈得近于帮闲。

我的最初担任舍监是自告奋勇的，其时是民国元年（1912）。那时学校习惯把人员截然划分为教员与职员两种，教书的是教员，管事务的是职员，教员只管自己教书，管理学生被认为是职员的责任。饭厅闹翻了，或是寄宿舍里出了什么乱子了，做教员的即使看见了，照例可“顾而之他”或袖手旁观，把责任委诸职员身上。而所谓职员者又有在事务所的与在寄宿舍的之分，各不相关。舍监一职，待遇甚低，其地位力量易为学生所轻视。狡黠的学生竟胆敢和舍监先生开玩笑，有时用粉笔在他的马褂上偷偷地画乌龟，或乘其不意把草圈套在他的瓜皮帽结子上。至于被学生赶跑，是不足为奇的。舍监在当时是一个屈辱的位置，做舍监的怕学生，对学生要讲感情。只要大家说"× 先生和学生感情很好"，这就是漂亮的舍监。

有一次，× 校舍监因为受不过学生的气，向校长辞职了，一时找不到相当的替人。我在 × 校教书，颇不满于这种情形，遂向校长自荐，去兼充了这个屈辱的职位。这职位的月薪记得当时是三十元。

我有一个朋友在第 × 中学做教员，因在风潮中被学生打了一记耳光，辞职后就抑郁病死了。我任舍监和这事的发生没有多日，心情激昂得很，以为真正要作教育事业须不怕打，或者竟须拼死，所以就职之初就抱定了硬干的决心：非校长免职或自觉不能胜任时决不走，不怕挨打，凡事讲合理与否，不讲感情。

× 校有学生四百多人，其中年龄最大的和我相去只几岁。我在 × 校虽担任功课有年，实际只教一二班，差不多有十分之七八是不相识的。当时轻视舍监已成了风气，我新充舍监，最初曾受到种种的试炼。因为我是抱了不顾一切的决心去的，什么都不计较，凡事皆用坦率强硬的态度去对付，决不迁就。在饭厅中，如有学生远远地发出“嘘嘘”的鼓动风潮的暗号，我就立在凳子上去注视发“嘘嘘”之声的是谁？饭厅风潮要发动了，我就对学生说：“你们试闹吧，我不怕。看你们闹出什么来。”人丛中有人喊“打”了，我就大胆地回答说：“我不怕打，你来打吧。”学生无故请假外出，我必死不答应，宁愿与之争论一二小时才止。每晨起床铃一摇，我就到斋舍里去视察，如有睡着未起者，一一叫起。夜间在规定的自修时间内，如有人在喧扰，就去干涉制止，熄灯以后见有私点洋烛者，立刻赶进去把洋烛没收。我不记学生的过，有事不去告诉校长，只是自己用一张嘴和一副神情去直接应付。每日起得甚早，睡得甚迟，最初几天向教务处取了全体学生的相片来，一叠叠地摆在案上，像打扑克或认方块字似的一一翻动，以期认识学生的面貌名字及其年龄籍贯学历等等。

我在那时颇努力于自己的修养，读教育的论著，翻宋元明的性理书类，又搜集了许多关于青年的研究的东西来读。非星期日不出校门，除在教室授课的时间外，全部埋身于自己读书与对付学生之中。自己俨然以教育界的志士自期，而学生之间却与我以各种各样的绰号，据我所知道的，先后有“阎罗”“鬼王”“戆大”“木瓜”几个，此外也许还有更不好听的，可是我不知道了。

我做舍监原是预备去挨打与拼命的，结果却并未遇到什么，一连做了七八年。到后来什么都很顺手，差不多可以“无为卧治”了。事隔多年，新就职时那种紧张的气氛，至今回忆起来还能大概在心中复现。遇到老学生们也常会大家谈起当时的旧事来，相对共笑。

1934 年 2 月

辑四

凯风自南知我意

我的中学生活片断——给孙女胡延妮的信

丁玲

亲爱的小延：

许久没有给你写信。你考取了上海市重点中学，学习好，有上进心，我心里非常喜欢。我现在讲点奶奶上中学的故事给你听。

一九一八年，我满十四岁的那年，小学毕业了。暑假中，我的妈妈亲自送我到桃源县考第二女子师范学校。桃源离常德约九十里，是乘轮船（小火轮）去的。学校校舍很整齐，临沅江，风景很好，运动场也大，我非常高兴。我妈妈住了一天，把我托给学校的一个女管理员（像现在学校里的生活指导员），并且交给她一个金戒子。妈妈说没有钱交保证金（如果我考取了就要交十元保证金，这个保证金要到毕业时才能退还)，这个戒子留下，如果我考取了，开学时，妈妈有钱就寄来；如果没有，就请这位女管理员代卖代交；如有多的，就留给我零用。我难受了两天，因为我妈妈只剩我一个女儿，这年春天我弟弟死了，妈妈是很伤心的。我怕她一个人时想我弟弟，心里很难过。但学校里很热闹，我同几十个等待考试的新生同住一个大屋子，所以很快就不那么忧愁了。

住了一个月才考试。在等待考试时，同学们都很用功地准备功课，只有我比较爱玩。我常常在楼上寝室的窗口一站半天，从疏疏密密的树影中看沅江上过往的帆船，听船工唱着号子。拉纤的、撑篙的船夫都爱唱，那歌声伴着滔滔的江水和软软的江风飘到窗口，我觉得既神往，又舒畅。我还喜欢在大运动场上散步。这个运动场周围都是参天大树，运动场的远端还有一个分隔开了的晒衣场，我们洗的衣服也都晒在那里。我同几个年龄差不多的同学常在这一带，坐在分隔两个场子的短墙上谈天，各人讲各人家乡的故事。有两个溆浦县的年龄较大的同学，因为溆浦县小学的校长向警予同志是我妈妈的好朋友，我们也就好像有点沾亲带故，彼此关切多些。她们常叫住我，要我复习功课，她们说我自信心太强，要小心些，要努力些，并且拿我妈妈的希望来勉励我。这两个同学我至今记得她们，感谢她们对我的好意。其实，我就是自信心很足。因为我从七岁就读书，我妈妈亲自教我读《古文观止》，什么《论语》《孟子》在十来岁时就读过了。很小的时候，还从我妈妈的口授中背得下几十首唐诗，古典小说也不知看了多少部，比一般同学要懂得多，在小学时，又经常是考头名的。所以我信心十足，不把考试放在心里。又因为我过去生活都只在一个狭小的圈子里，常常住在家规很严的舅父家里或者同我妈妈住在一个古庙改用的小学校里。现在在一个风景很好，建设在乡间的大学校中，实在觉得自由。同学们又都是沅江上游各县来的人，比较直率开朗，所以我就尽情享受这悠然自得的新生活。

不久就考试了，果然我取得了第一名。同乡，几个常德人的高年生都庆贺我，别的同学也为我高兴。那位管理员给了我三元多钱，叮嘱我不要乱花，说我妈妈生活很艰苦。我拿着这三元多钱（我以前从来没有拿过这么多钱），想着我们母女困苦的生活，眼眶都红了，我小心地把它放在小木箱子里，用换洗衣服压着，小木箱就放在我的床下。这钱，我一直没有花，在寒假回常德时才用了几角钱做路费。

我在桃源省立女子第二师范念了一年书。我在这里是非常快乐的，我是常常受鼓励的学生，我的功课比较全面。我好像什么都爱好，各种功课都得百分，只有语文和写字常常只有八十多分。我的同学们的作文为什么比我得分多？因为她们常抄那些什么作文范本，所以文章条理好，字句通顺，之乎者也用得都是地方。我不愿抄书，都是写自己的话，想的东西多，联想丰富，文章则拉杂重叠，因此得分少，也不放在玻璃柜内展览。可是老师总喜欢在我的文章后边加很长很长的批语，这是那些得百分的人所羡慕而且不易得到的。特别是学校的校长，一位姓彭的旧国会议员代课时，常常在我的文章后边写起他的短文来。他分析我的短文，加批，加点，鼓励很多，还经常说我是学校的一颗珍珠，但也总是要说我写得拉杂的原因是太快，字又潦草，要我多用心。他对我的批评，即使到现在我看仍然是有用的。

我喜欢画画。我的每幅画都要放在玻璃柜里的。有些同学常常找我代画，我很愿意，画了一张又一张，而且把每张画画得稍微不同点，好使老师看不出来是出于我的手笔。因此常常玻璃柜里摆的五六张、七八张画，名字虽不同，其实都是我画的。我看到后，心里可得意咧！

我也喜欢唱歌和体育。我们班每天早晚都做点柔软体操，都是我喊口令，有时是别人值班，总也常常托我代喊。开运动会时，也是我带队喊口令。我妈就曾当过体育教员，我对喊口令的事，看得很平常。

算术（现在叫数学）是我最喜欢的课，作文得八十分，我不怎样，但数学如果得了九十八分，我就得流眼泪，恨自己疏忽了。至于其他的功课，那就不花什么脑子，随随便便就过去了！学期考试，也总是第一名。

那时候的师范学校是政府供给，除了十元保证金以外，一切食、宿、书籍纸张都不花钱。学生大半是中产阶级的子女。因为富有的人家，认为女子不需要读书，能找个有钱的丈夫就行。真正贫苦人家又连小学也进不去。这些中产人家的子女，学师范也还是只想有一个出路，可以当小学教员。同学中有发奋的人，但那时所谓人生观、革命等等，头脑里都是没有的。我个人的思想，受我妈的影响，比较复杂一点。对封建社会、旧社会很不满意。有改造旧社会的一些朦胧的想法，但究竟该怎样改、怎样做都是没有一定的道路的。我妈的好朋友向警予常常路过常德时，就住在我妈那里，两个人彻夜深谈，谈论国家大事、社会、时事。她常向我妈介绍一些新书、新思想，我妈对她很佩服。因此对我也有影响。我妈常同我讲秋瑾的故事，也讲法兰西革命的女杰罗兰夫人的事迹。所以我常常对旧社会不满，对革命的新社会憧憬。我是一个乐观的孩子，但由于我小时生活太受压迫（我舅舅的家给的），有时我又伤感。常感母女相依为命，孤苦伶仃。我特别对我的婚姻问题不满。我在很小的时候，就由外祖母把我订给我表哥，而我却万分不愿在他家做媳妇，苦于无法摆脱。这件事在我幼小的心灵中，就像一根刺扎得很深，即使在快乐的时候也会忽然感到。所以我虽读书的成绩很好，但常常要为挣脱这些枷锁而烦心。

正是我这一年的学习快结束时，“五四”运动爆发了，学校里卷入这一运动，本科三年级二年级的同学发起成立了学生会。学生会天天集会讲时事，宣传爱国，反对帝国主义、封建主义，到街上游行，在学校讲演，有全校的，也有各班自行组织的。我也投入了这场斗争，在同一天，我们同学就有五六十人剪了发辫，我也剪了。学生会又办了贫民夜校，向附近贫苦妇女宣传反帝反封建，给她们上识字课等等。我在夜校里教珠算。因为我年龄最小，学生们都管我叫“崽崽先生”。我们那位当国会议员的校长，很不赞成这些，他有时也在会上讲话，可是都被那时几个长于辩论的同学，如三年级的杨代诚（后来的王一知，在北京一〇一中学当校长）、二年级的王淑瑶（又名王剑虹，曾是瞿秋白的爱人，早死）所驳倒。彭校长看见我这个她最喜欢的学生也跟着她们跑，就对我摇头叹气。可是爱国的热潮，反帝反封建的“逆”流是不可阻挡的，他只有用提前放假劝我们回家的办法来破坏这个运动。学校放假了，年轻的女孩子们回家了，学校里纵留得少数学生，也闹不出什么名堂。我也就回常德来了。

首先我看到舅父舅母，他们家离码头较近，我妈的学校较远。他们一看见我剪了发，就怒火冲天。我舅父哼了一声：“哼！你真会玩，连个尾巴都玩掉了！”我舅妈冷冷地说道：“身体发肤，受之父母，不可毁伤。”这时我已经不像过去温顺了，我直对我舅父答道：“你的尾巴不是早已玩掉了吗？你既然能剪发在前，我为什么不能剪发在后？”又对我舅母说：“你的耳朵为何要穿一个眼，你的脚为什么要裹得像个粽子？你那是束缚，我这是解放。”他们夫妇真是气得两个眼睛瞪得很大，不敢打我，只是哼哼不已，我就走出他们的家直看我妈去了。

我妈听我说我们学校的各种新鲜事儿。她也告诉我她领着学生游行喊口号的各种活动。她除了去年暑假创办的俭德女子小学以外，又在东门外为贫苦女孩办了一个小小的“工读互助团”。学生虽不多（限于校舍），却可以不交学费学文化，学手艺，还可以得点工资以辅助家庭。我妈看见我有头脑，功课好，不乱花钱，不爱穿等等，非常喜欢。我看见她热心公益，为公忘私，向往未来，年虽四十出头，一生受尽磨难，却热情洋溢，青春饱满，也感到高兴、放心。这年暑假我们住在我妈的好朋友蒋毅仁家里，过了一个月的舒服日子。

这时我向我妈提出一个要求，希望转学到省城长沙周南女子中学去。这个女子中学是湖南有名的学校，向警予、蔡畅都是这个学校出来的。“五四”运动期间，这所学校的活动也很出名。周南女中的校长朱剑凡是我妈在长沙念书时，第一女师的校长。现在周南的管理员陶斯咏是我妈在长沙第一女师的同学，也是新学家。这个要求提出来，我妈自然同意，只是这所学校要学费、膳宿费、书籍纸张费，这在我母亲微薄的薪金中，自然是问题，但她考虑后仍然答应了我，并且又亲自送我去长沙。

我们到长沙后，径直到了周南学校，见到了陶斯咏。

她是一个极为热情的阿姨。当天就把我送到寝室，我妈住在她那里。最使我惊奇的是当晚我就进行考试，我是插班生，只有一个人考。主考的是中学二年级的语文老师陈启民，又名陈书农。考试地点就在二年级课堂，考试题目是：“试述来考之经过”。在一盏煤油罩子灯下，我坐在这边写文章，他坐在那边看报。我根本没有写经过，只写了我对周南女中的希望。我是为求新知识而来，写了我的志愿，要为国家而学习，要寻找救国之路。他当场看了，批准我在二年级学习，并且问了我过去学习的情况。我简直高兴极了，我认定了这是个好老师。当晚我就把这些印象、经过都告诉我妈了。我妈高高兴兴地把我托给陶阿姨，第二天就匆匆忙忙赶回常德，为她的学校开学的事而忙去了。我在周南又学了一年。

我是一个插班生，同学们，她们彼此都是从小学就在一道升上来的，非常熟稔。只有我是一个新来的，又是一个外地来的，没有省城人那样会说，功课也不显得突出，我不为同学们所重视。她们看见我没有辫子，剪了发，还奇怪地问：“啊！你们桃源第二女师也有剪发的呀！”好像这种新现象，只有省城的人才能有。我的同班中只有两个剪了发的，那些能言善道的人却仍然把辫子盘在头上。

最使我讨厌的人是数学老师，据说他是一个有经验的老师，但他对待学生不公平，怕硬欺软。我是一个新生，他不特不照顾，反而先是诧异，好像哪里来了一个“丑小鸭”，后是歧视，对我冷淡极了。我也就不大理他，常常在上课时看小说，他发现后，狠狠地批评我，我就装没听见。因此我一时在这里很不得意。只有语文老师对我很好，他要我去他宿舍，我便同几个同学一道去看他。他说我那篇把陶渊明写的《桃花源记》改为白话文的作文很好，说我有《红楼梦》的笔法，问我要不要借书看，他说他的书架里的书都可以借给我读。我看了他书架上的文学书、古典小说，都是我看过了的。只有一本《二十年目睹之怪现状》一书未读，我就借了这一本。他惊奇我读书之多，便劝我道：“你可以读梁启超的《饮冰室文集》和吴稚晖的《上下古今谈》，这样你的文章将会比较雄浑。”因此我后来又向他借了这两本书。可惜我那时年幼，对这两本书还不能理解，没有看完又退还给他了。我却常常读他画了红圈圈的一些报头文章和消息，这都是外边和省城的一些重要的社会活动。他鼓励我多写，因此，我第一学期就写了三本作文、五薄本日记。还有两首白话小诗，他拿走了，说要放在《湘江评论》或《湘江日报》发表，我不知道是不是就是毛主席编的那张《湘江评论》。陈启民是第一师范毕业，与毛泽东同志同过学，当时他是他们一派，是新民学会会员，是一名思想先进的教师，后来他留法了，思想大约也变了。他留法回国时在上海来看过我，我已在写文章，是一个有点小名气的作家。一九五四年我回湖南时，他在湖南大学教课，还在文物研究所任职，捎信给我说想来看我。我就到他家里去看望他。他提到《太阳照在桑干河上》一书。我说我的语文还是不够好，请他指教。再说我念书的时候，因他常在班上公开鼓励我，这样那几个高傲的同学也嘻嘻哈哈宣扬我是本班的八大文豪之一，我对她们的假推崇并不在意，不过我对功课却有了偏爱。我对文学发生了真正的兴趣，而对数学却敷衍了事。

我的最好的朋友叫吴绍芳，她没有父亲，只有母亲，而母亲患精神病。虽有哥哥弟弟，但只像是为了管束她。她非常聪明，感觉敏锐，爱好文学，常为我吟诵宋人词曲，她特别爱读李后主、李清照的词。我们两人常于月下坐在学校的石桥边，汩汩的流水，伴着悠扬的低吟，使我如醉如痴。但她孤芳自赏，不愿与流俗为伍，也不愿在人前显示自己，班上几乎无人知道她的能耐。她愿向我吐露她的孤寂的身世，倾泻她对文学作品的评论与欣赏。她是很有见地的。只是她是一个悲观者，年纪只十七岁，可是好像有载不动的忧怨。不过只从她的外表来看，也只像是一个不太有心计的、戆直而冷漠的姑娘。我们性情不一样，彼此却很容易理解。星期天，我常常在她家里、她的卧室里度过半天，看一点小说，读几首诗，谈谈别人或个人的心情，偶尔也听几张唱片，大半是梅兰芳的《天女散花》《黛玉葬花》。这个半天是我们文艺的享受，我们两个人都能静静地等待时光消逝。后来，一九二三年，我从上海回家时，绕路到长沙看她，她已毕业，没有升学，待嫁闺中，极端苦闷。我们约好我再出去时，再绕道她家，设法让她逃走，同我一同去上海，但不慎我的信被她兄长发现，将她幽禁在家，不准外出，且嘱咐看门人，不准我去她家。她设法通知了我，这次出走只好作罢。全国解放后，她找到全国文联宿舍来看我。几乎相隔三十年，彼此相见，仍似当年一般，知道她也参加了一九二七年的大革命，在武汉活动，结识了她现在的爱人，是一个医生，她自己也是医生。但后来她再也没来了，我们又失去了联系，但我一直是关怀着她的。

还有另一朋友叫王佩琼，她对我极为照顾，直到后来一九二四年、一九二五年在北京时仍对我一片赤诚。由于我对她不十分满意，说不出的，大概是气质上不是十分相投，所以一般虽很亲近，在精神上却有疏远之感，反不如同吴绍芳的关系密切。

第二学期或是第二年，就是一九二〇年上半年或下半年，我记不准了，我在学校里更为寂寞，因为陈启民被解职，换来一位冬烘先生。教室里那种融融之气没有了。想起陈启民老师教我们读都德的《最后一课》，秋瑾的“秋风秋雨愁煞人”等时的光景，和他在宿舍谈《今古奇观》《儒林外史》《红楼梦》，以及当时《新潮》上的一些时兴的白话文小说等的情趣一点也没有了。经常对我的作文日记的鼓励也没有了。我虽然常写点日记，却只压在宿舍桌子的抽屉里，而不上交了。同学间的气氛也换了。据说校长朱剑凡的思想又有点反过来了，他原是比较进步的，现在忽然对学生的要求变了，很不同意同学参加社会活动，把两个在学生中有威信，常常宣传“五四”新精神的好老师都解聘，而换了两个不管国家大事、咬文嚼字的老先生。同学们都在底下嘀咕，但周南是私立的，一切都由校长做主。校长是有名人物。我们的校址就是他家的花园，亭台楼阁，大厅长廊，小桥流水，富丽堂皇，曲折多姿，应有尽有，难道这样热心公益的名流，是容易反对的吗？因此我就更沉湎于小说之中，而吴绍芳对这方面的供应是不发愁的，她有能力去买一点书。

“五四”之后有一股复旧的逆流。朱剑凡原是向着新的道路走的，但这时他又回过头来。学生中不满者多。于是暑假中，一些比较要求进步的学生，自己组织，由男子第一师范的部分教员和毕业生协助办了一个多月的暑期补习班。补习班设在王船山先生书院。暑期班结束之后，一部分人又都转读岳云中学。岳云是男子中学，这次接受女生在湖南是革命创举。我也进入岳云中学。一道去的有许文煊、周毓明、王佩琼、杨开慧、杨没累等。

……

因为岳云的功课要比周南紧些，特别是英文课完全用英语讲授，课本是《人类如何战胜自然》，是书，而不是普通课本，文法也较深。但我对学习的前途，学什么，走什么道路，总是常常思考，愿意摸索前进的，而且也仍然感到有些彷徨和苦闷。那时文化书社卖一些翻译书，有唯物辩证法的译著，也有郭沫若等的诗作。但对理论书因读不懂，畏难，没有读下去。

岳云这学期读完后，我回家看我妈妈了。在年底我看到原来在桃源第二女师的王剑虹从上海回来，我们一见，如同久别的挚友（过去并不十分接近），谈起社会革命，谈起文学，谈到理想，我们无所不谈，特别相投。因此我又停止去岳云继续读书，放弃可以得到的毕业文凭，而和她，还有另外几个人，一同远去上海，开始我自由飞翔的生活了。感谢我妈对我的信任和支持。不管我以后有什么成就，走了多少曲折的道路，但我妈的信任是永远对我的鼓励，我永远为她而战斗不息，不敢自怠。

小延！我的这段故事就讲到这里。也许你看起来很无意思，没有兴趣。或许还不理解。但我总算讲完了。我总结一下：

我的中学学习是不好的，是没有成绩的。其中有很多原因。第一，我们那时的客观条件差，中学的教育就不好，不能使学生学得有趣。第二，我们学习的目的不明确。第三，缺少正确的指导。学校教师既不能，我妈虽对我有热切的希望，但她也囿于环境的狭小，苦于找不到明确的指导。第四，我个人也有很大的缺点。刻苦、坚持都不够，闯劲也差。你现在的客观条件不知比奶奶那时好多少倍，你一定会有成绩的。奶奶不能给你许多帮助，奶奶只能学习她的妈妈，给你以无限的信任与支持。你有什么需要，我将尽力为之，完了。

奶奶

1978 年中秋节写完于太行山麓

读《芝兰与茉莉》因而想及我的祖母

许地山

正要到哥伦比亚的检讨室里校阅梵籍，和死和尚争虚实，经过我的邮筒，明知每次都是空开的，还要带着希望姑且开来看看。这次可得着一卷东西，知道不是一分钟可以念完的，遂插在口袋里，带到检讨室去。

我正研究唐代佛教在西域衰灭的原因，翻起史太因在和阗所得的唐代文契，一读马令痣同母党二娘向护国寺僧虎英借钱的私契，妇人许十四典首饰契，失名人的典婢契，等等，虽很有趣，但掩卷一想，恨当时的和尚只会营利，不顾转法轮，无怪回纥一入，便尔扫灭无余。

为释迦文担忧，本是大愚：会不知成、住、坏、空，是一切法性？不看了，掏出口袋里的邮件，看看是什么罢。

《芝兰与茉莉》。

这名字很香呀！我把纸笔都放在一边，一气地读了半天工夫——从头至尾，一句一字细细地读。这自然比看唐代死和尚的文契有趣。读后的余韵，常绕缭于我心中，像这样的文艺很合我情绪的胃口似的。

读中国的文艺和读中国的绘画一样。试拿山水——西洋画家叫做“风景画”——来做个例：我们打稿（Composition）是鸟瞰的、纵的，所以从近处的溪桥，而山前的村落，而山后的帆影，而远地的云山；西洋风景画是水平的、横的，除水平线上下左右之外，理会不出幽深的、绵远的兴致。所以中国画宜于纵的长方，西洋画宜于横的长方。文艺也是如此：西洋人的取材多以“我”和“我的女人或男子”为主，故属于横的、夫妇的；中华人的取材多以“我”和“我的父母或子女”为主，故属于纵的、亲子的。描写亲子之爱应当是中华人的特长，看近来的作品，究其文心，都函这唯一义谛。

爱亲的特性是中国文化的细胞核，除了它，我们早就要断发短服了！我们将这种特性来和西洋的对比起来，可以说中华民族是爱父母的民族，那边欧西是爱夫妇的民族。因为是“爱父母的”，故叙事直贯，有始有终，源源本本，自自然然地说下来。这“说来话长”的特性——很和拔丝山药一样地甜热而粘——可以从一切作品里找出来。无论写什么，总有从盘古以来说到而今的倾向。写孙悟空总得从猴子成精说起；写贾宝玉总得从顽石变灵说起；这写生生因果的好尚是中华文学的文心，是纵的，是亲子的，所以最易抽出我们的情绪。

八岁时，读《诗经·凯风》和《陟岵》，不晓得怎样，眼泪没得我的同意就流下来。九岁读《檀弓》到“今丘也，东西南北之人也”一段，伏案大哭。先生问我：“今天的书并没给你多上，也没生字，为何委屈？”我说：“我并不是委屈，我只伤心这‘东西南北’四字。”第二天，接着念“晋献公将杀其世子申生”一段，到“天下岂有无父之国哉？”又哭。直到于今，这“东西南北”四个字还能使我一念便伤怀。我常反省这事，要求其使我哭泣的缘故。不错，爱父母的民族的理想生活便是在这里生、在这里长、在这里聚族、在这里埋葬，东西南北地跑当然是一种可悲的事了。因为离家、离父母、离国是可悲的，所以能和父母、乡党过活的人是可羡的。无论什么也都以这事为准绳：做文章为这一件大事做，讲爱情为这一件大事讲，我才理会我的“上坟瘾”不是我自己所特有，是我所属的民族自盘古以来遗传给我的。你如自己念一念“可爱的家乡啊！我睡眼蒙眬里，不由得不乐意接受你欢迎的诚意”和“明儿……你真要离开我了么”，应作如何感想？

爱夫妇的民族正和我们相反。夫妇本是人为，不是一生下来就铸定了彼此的关系。相逢尽可以不相识，只要各人带着，或有了各人的男女欲，就可以。你到什么地方，这欲跟到什么地方；他可以在一切空间显其功用，所以在文心上无需溯其本源，究其终局，干干脆脆，Just a word，也可以自成段落。爱夫妇的心境本含有一种舒展性和侵略性，所以乐得东西南北，到处地跑。夫妇关系可以随地随时发生，又可以强侵软夺，在文心上当有一种“霸道”“喜新”“乐得”“为我自己享受”的倾向。

总而言之，爱父母的民族的心地是“生”；爱夫妇的民族的心地是“取”。生是相续的，取是广延的。我们不是爱夫妇的民族，故描写夫妇，并不为夫妇而描写夫妇，是为父母而描写夫妇。我很少见——当然是我少见——中国文人描写夫妇时不带着“父母”的色彩；很少见单独描写夫妇而描写得很自然的。这并不是我们不愿描写，是我们不惯描写广延性的文字的缘故。从对面看，纵然我们描写了，人也理会不出来。

《芝兰与茉莉》开宗第一句便是："祖母真爱我！"这已把我的心牵引住了。"祖母爱我"，当然不是爱夫妇的民族所能深味，但它能感我和《檀弓》差不了多少。"垂老的祖母，等得小孩子奉甘旨么？"子女生活是为父母的将来，父母的生活也是为着子女，这永远解不开的结，结在我们各人心中。触机便发表于文字上。谁没有祖父母、父母呢？他们的折磨、担心，都是像夫妇一样有个我性的么？丈夫可以对妻子说"我爱你，故我要和你同住"，或"我不爱你，你离开我罢"。妻子也可以说："人尽可夫，何必你？"但子女对于父母总不能有这样的天性。所以做父母的自自然然要为子女担忧受苦，做子女的也为父母之所爱而爱，为父母而爱为第一件事。爱既不为我专有，"事之不能尽如人意"便为此说出来了。从爱父母的民族眼中看夫妇的爱是为三件事而起：一是继续这生生的线，二是往溯先人的旧典，三是承纳长幼的情谊。

说起书中人的祖母，又想起我的祖母来了。"事之不能尽如人意者，夫复何言！"我的祖母也有这相同的境遇呀！我的祖母，不说我没见过，连我父亲也不曾见过，因为她在我父亲未生以前就去世了。这岂不是很奇怪的么？不如意的事多着呢！爱祖母的明官，你也愿意听听我说我祖母的失意事么？

八十年前有一家，八个兄弟同一个老父亲同住着，除了第六、七、八的弟弟还没娶以外，前头五个都成家了。兄弟们有做武官的，有做小乡绅的，有做买卖的。那位老四，又不做武官又不做绅士，更不会做买卖；他只喜欢念书，自己在城南立了一所小书塾名叫窥园，在那里一面读，一面教几个小学生。他的清闲，是他兄弟们所羡慕，所嫉妒的。

这八兄弟早就没有母亲了。老父亲很老，管家的女人虽然是妯娌们轮流着当，可是实在的权柄是在一位大姑手里。这位大姑早年守寡，家里没有什么人，所以常住在外家。因为许多弟弟是她帮忙抱大的，所以她对于弟弟们很具足母亲的威仪。

那年夏天，老父亲去世了。大姑当然是“阃内之长”，要督责一切应办事宜的。早晚供灵的事体，照规矩是媳妇们轮着办的。那天早晨该轮到四弟妇上供了。四弟妇和四弟是不上三年的夫妇，同是二十多岁，情爱之浓是不消说的。

大姑在厅上嚷："素官，今早该你上供了，怎么这时候还不出来？"

居丧不用粉饰面，把头发理好，也毋需盘得整齐，所以晨妆很省事。她坐在妆台前，嚼槟榔，还吸一管旱烟。外面大姑的叫唤，她都听不见，只是嚼着，还吸着烟在那里出神。

四弟也在房里，听见姊姊叫着妻子，便对她说："快出去罢。姊姊要生气了。"

"等我嚼完这口槟榔，吸完这口烟才出去。时候还早咧。"

"怎么你不听姊姊的话？"

"为什么要听你姊姊的话？你为什么不听我的话？"

"姊姊就像母亲一样。丈夫为什么要听妻子的话？"

"'人未娶妻是母亲养的，娶了妻就是妻子养的。'你不听妻子的话，妻子可要打你，好像打小孩子一样。"

"不要脸，哪里来得这么大的孩子！我试先打你一下，看你打得过我不。"老四带着嬉笑的样子，拿着拓扇向妻子的头上要打下去。妻子放下烟管，一手抢了扇子，向着丈夫的额头轻打了一下："这是谁打谁了！"

夫妇们在殡前是要在孝堂前后的地上睡的，好容易到早晨同进屋里略略梳洗一下，借这时间谈谈。他对于享尽天年的老父亲的悲哀，自然盖不过对于婚媾不久的夫妇的欢愉。所以，外头虽然尽其孝思，里面的“琴瑟”还是一样地和鸣。中国的天地好像不许夫妇们在丧期里有谈笑的权利似的。他们在闹玩时，门帘被风一吹，可巧被姊姊看见了。姊姊见她还没出来，正要来叫她，从布帘飞处看见四弟妇拿着拓扇打四弟，那无名火早就高起了一万八千丈。

“哪里来的泼妇，敢打她的丈夫！”姊姊生气嚷着。

老四慌起来了，他挨着门框向姊姊说：“我们闹玩，没有什么事。”

“这是闹玩的时候么？怎么这样懦弱，教女人打了你，还替她说话？我非问她外家，看看这是什么家教不可。”

他退回屋里，向妻子伸伸舌头，妻子也伸着舌头回答他。但外面越呵责越厉害了。越呵责，四弟妇越不好意思出去上供；越不敢出去越要挨骂，妻子哭了。他在旁边站着，劝也不是，慰也不是。

她有一个随嫁的丫头，听得姑太越骂越有劲，心里非常害怕。十三四岁的女孩，哪里会想事情的关系如何？她私自开了后门，一直跑回外家，气喘喘地说：“不好了！

我们姑娘被他家姑太骂得很厉害，说要赶她回来咧！”

亲家爷是个商人，头脑也很率直，一听就有了气，说：“怎样说得这样容易——要就取去，不要就扛回来？谁家养女儿是要受别人的女儿欺负的？”他是个杂货行主，手下有许多工人，一号召，都来聚在他面前。他又不打听到底是怎么一回事，对着工人们一气地说：“我家姑娘受人欺负了。你们替我到许家去出出气。”工人一轰，就到了那有丧事的亲家门前，大兴问罪之师。

里面的人个个面对面呈出惊惶的状态。老四和妻子也相对无言，不晓得要怎办才好。外面的人们来得非常横逆，经兄弟们许多解释然后回去。姊姊更气得凶，跑到屋里，指着四弟妇大骂特骂起来。

“你这泼妇，怎么这一点点事情，也值得教外家的人来干涉？你敢是依仗你家里多养了几个粗人，就来欺负我们不成？难道你不晓得我们诗礼之家在丧期里要守制的么？你不孝的贱人，难道丈夫叫你出来上供是不对的，你就敢用扇头打他？你已犯七出之条了，还敢起外家来闹？好，要吃官司，你们可以一同上堂去，请官评评。弟弟是我抱大的，我总可以做抱告。”

妻子才理会丫头不在身边。但事情已是闹大了，自己不好再辩，因为她知道大姑的脾气，越辩越惹气。

第二天早晨，姊姊召集弟弟们在灵前，对他们说：“像这样的媳妇还要得么？我想待一会，就扛她回去。”这大题目一出来，几个弟弟都没有话说；最苦的就是四弟了。他知道“扛回去”就是犯“七出之条”时“先斩后奏”的办法，就颤声地向姊姊求情。姊姊鄙夷他说：“没志气的懦夫，还敢要这样的妇人么？她昨日所说的话我都听见了。女子多着呢，日后我再给你挑个好的。我们已预备和她家打官司，看看是礼教有势，还是她家工人的力量大。”

当事的四弟那时实在是成了懦夫了！他一点勇气也没有，因为这“不守制”“不敬夫”的罪名太大了，他自己一时也找不出什么话来证明妻子的无罪，有赦免的余地。他跑进房里，妻子哭得眼都肿了。他也哭着向妻子说：“都是你不好！”

“是……是……我我……我不好，我对对……不起你！”妻子抽噎着说。丈夫也没有什么话可安慰她，只挨着她坐下，用手抚着她的脖项。

果然，姊姊命人雇了一顶轿子，跑进房里，硬把她扶出来，把她头上的白麻硬换上一缕红丝，送她上轿去了。这意思就是说她此后就不是许家的人，可以不必穿孝。

“我有什么感想呢？我该有怎样的感想呢？懦夫呵！你不配靦颜在人世，就这样算了么？自私的我，却因为不贯彻无勇气而陷到这种地步，夫复何言！”当时他心里也未必没有这样的语言。他为什么懦弱到这步田地？要知道他原不是生在为夫妇的爱而生活的地方呀！

王亲家看见平地里把女儿扛回来，气得在堂上发抖。女儿也不能说什么，只跪在父亲面前大哭。老亲家口口声声说要打官司，女儿直劝无需如此，是她的命该受这样折磨的，若动官司只能使她和丈夫吃亏，而且把两家的仇恨结得越深。

老四在守制期内是不能出来的，他整天守着灵想妻子。姊姊知道他的心事，多方地劝慰他。姊姊并不是深恨四弟妇，不过她很固执，以为一事不对就事事不对，一时不对就永远不对。她看“礼”比夫妇的爱要紧。礼是古圣人定下来，历代的圣贤亲自奉行的。妇人呢？这个不好，可以挑那个。所以夫妇的配合只要有德有貌，像那不德、无礼的妇人，尽可以不要。

出殡后，四弟仍到他的书塾去。从前，他每夜都要回武馆街去的。自妻去后，就常住在窥园。他觉得一到妻子房里冷清清的，一点意思也没有，不如在书房伴着书眠还可以忘其愁苦。唉，情爱被压的人都是要伴书眠的呀!

天色晚，学也散了，他独在园里一棵芒果树下坐着发闷。妻子的随嫁丫头蓝从园门直走进来，他虽熟视着，可像不理会一样。等到丫头叫了他一声“姑爷”，他才把着她的手臂，如见了妻子一般。他说：“你怎么敢来？……姑娘好么？”

“姑娘命我来请你去一趟。她这两天不舒服，躺在床上哪，她吩咐掌灯后才去，恐怕人家看见你，要笑话你。”

她说完，东张西望，也像怕人看见她来，不一会就走了。那几点钟的黄昏偏又延长了，他好容易等到掌灯时分！他到妻子家里，丫头一直就把他带到楼上，也不敢教老亲家知道。妻子的面比前几个月消瘦了。他说：“我的……”他说不下去了，只改过来说：“你怎么瘦得这个样子！”

妻子躺在床上也没起来，看见他还站着出神，就说：

"为什么不坐，难道你立刻要走么？"她把丈夫揪近床沿坐下，眼对眼地看着。丈夫也想不出什么话来说，想分离后第一次相见的话是很难起首的。

"你是什么病？"

"前两天小产了一个男孩子！"

丈夫听这话，直像喝了麻醉药一般。

"反正是我的罪过大，不配有福分，连从你得来的孩子也不许我有了。"

"不要紧的，日后我们还可以有五六个。你要保养保养才是。"

妻子笑中带着很悲哀的神彩说："痴男子，既休的妻还能有生子女的荣耀么？"说时，丫头递了一盏龙眼干甜茶来。

"怎么给我这茶喝，我们还讲礼么？"

"你以后再娶，总要和我生疏的。"

"我并没休你。我们的婚书，我还留着呢。我，无论如何，总要想法子请你回去的；除了你，我还有谁？"

丫头在旁边插嘴说："等姑娘好了，立刻就请她回去罢。"

他对着丫头说："说得很快，你总不晓得姑太和你家主人都是非常固执，非常喜欢赌气，很难使人进退的。这都是你弄出来的。事已如此，夫复何言！”

小丫头原是不懂事，事后才理会她跑回来报信的关系重大。她一听“这都是你弄出来的”，不由得站在一边哭起来。妻子哭，丈夫也哭。

一个男子的心志必得听那寡后回家当姑太的姊姊使令么？当时他若硬把妻子留住，姊姊也没奈他何，最多不过用“礼教的棒”来打他而已。但“礼教之棒”又真可以打破人的命运么？那时候，他并不是没有反抗礼教的勇气，是他还没得着反抗礼教的启示。他心底深密处也会像吴明远那样说：“该死该死！我既爱妹妹，而不知护妹妹；我既爱我自己，而不知为我自己着想；我负了妹妹，我误了自己！事原来可以如人意，而我使之不能；我之罪恶岂能磨灭于万一，然而赴汤蹈火，又何足偿过失于万一呢？你还敢说‘事已如此，夫复何言’么？”

四弟私会出妻的事，教姊姊知道，大加申斥，说他没志气。不过这样的言语和爱情没有关系。男女相待遇本如大人和小孩一样。若是男子爱他的女人，他对于她的态度、语言、动作，都有父亲对女儿的倾向；反过来说，女人对于她所爱的男子也具足母亲对儿子的倾向。若两方都是爱者，他们同时就是被爱者，那是说他们都自视为小孩子，故彼此间能吐露出真性情来。小孩们很愿替他们的好朋友担忧、受苦、用力；有情的男女也是如此。所以姊姊的申斥不能隔断他们的私会。

妻子自回外家后，很悔她不该贪嚼一口槟榔，贪吸一管旱烟，致误了灵前的大事。此后，槟榔不再入她的口，烟也不吸了。她要为自己的罪过忏悔，就吃起长斋来。就是她亲爱的丈夫有时来到，很难得的相见时，也不使他挨近一步，恐怕玷了她的清心。她只以念经绣佛为她此生唯一的本分，夫妇的爱不由得不压在心意的崖石底下。

十几年中，他只是希望他岳丈和他姊姊的意思可以换回于万一。自己的事要仰望人家，本是很可怜的。亲家们一个是执拗，一个是赌气，因之光天化日的时候难以再得。

那晚上，他正陪姊姊在厅上坐着，王家的人来叫他。姊姊不许，说："四弟，不许你去。"

"姊姊，容我去看她一下罢。听说她这两天病得很厉害，人来叫我，当然是很要紧的，我得去看看。"

"反正你一天不另娶，是一天忘不了那泼妇的。城外那门亲给你讲了好几年，你总是不介意。她比那不知礼的妇人好得多——又美，又有德。”

这一次，他觉得姊姊的命令也可以反抗了。他不听这一套，径自跑进屋里，把长褂子一披，匆匆地出门。姊姊虽然不高兴，也没法揪他回来。

到妻子家，上楼去。她躺在床上，眼睛半闭着，病状已很凶恶。他哭不出来，走近前，摇了她一下。

“我的夫婿，你来了！好容易盼得你来！我是不久的人了，你总要为你自己的事情打算；不要像这十几年，空守着我，于你也没有益处。我不孝已够了，还能使你再犯不孝之条么？——‘不孝有三，无后为大。’”

“孝不孝是我的事，娶不娶也是我的事。除了你，我还有谁？”

这时丫头也站在床沿。她已二十多岁，长得越妩媚、越懂事了。她的反省，常使她起一种不可言喻的伤心，使她觉得她永远对不起面前这位垂死的姑娘和旁边那位姑爷。

垂死的妻子说：“好罢，我们的恩义是生生世世的。你看她，”她撮嘴指着丫头，用力往下说，“她长大了。事情既是她弄出来的，她得替我偿还。”她对着丫头说：“你愿意么？”丫头红了脸，不晓得要怎样回答。她又对丈夫说：“我死后，她就是我了。你如记念我们旧时的恩义，就请带她回去，将来好替我……”

她把丈夫的手拉去，使他揸住丫头的手，随说：“唉，子女是要紧的，她将来若能替我为你养几个子女，我就把她从前的过失都宽恕了。”

妻子死后好几个月，他总不敢向姊姊提起要那丫头回来。他实在是很懦弱的，不晓怎样怕姊姊会怕到这地步！

离王亲家不远住着一位老妗婆。她虽没为这事担心，但她对于事情的原委是很明了的。正要出门，在路上遇见丫头，穿起一身素服，手挽着一竹篮东西，她问：“蓝，你要到哪里去？”

“我正要上我们姑娘的坟去。今天是她的百日。”

老妗婆一手扶着杖，一手捏着丫头的嘴巴，说：“你长得这么大了，还不回武馆街去么？”丫头低下头，没回答她。她又问：“许家没意思要你回去么？”

从前的风俗对于随嫁的丫头多是预备给姑爷收起来做二房的，所以妗婆问得很自然。丫头听见“回去”两字，本就不好意思，她双眼望着地上，摇摇头，静默地走了。

妗婆本不是要到武馆街去的，自遇见丫头以后，就想她是个长辈之一，总得赞成这事。她一直来投她的甥女，也叫四外甥来告诉他应当办的事体。姊姊被妗母一说，觉得再没有可固执的了，说：“好罢，明后天预备一顶轿子去扛她回来就是。”

四弟说：“说得那么容易？要总得照着娶继室的礼节办；她的神主还得请回来。”

姊姊说：“笑话，她已经和她的姑娘一同行过礼了，还行什么礼？神主也不能同日请回来的。”

老妗母说：“扛回来时，请请客，当做一桩正事办也是应该的。”

他们商量好了，兄弟也都赞成这样办。“这种事情，老人家最喜欢不过”，老妗母在办事的时候当然是一早就过来了。

这位再回来的丫头就是我的祖母了。所以我有两个祖母，一个是生身祖母，一个是常住在外家的“吃斋祖母”——这名字是母亲给我们讲祖母的故事时所用的题目。又“丫头”这两个字是我家的“圣讳”，平常是不许说的。

我又讲回来了。这种父母的爱的经验，是我们最能理会的。人人经验中都有多少“祖母的心”“母亲”“祖父”“爱儿”等等事迹，偶一感触便如悬崖泻水，从盘古以来直说到于今。我们的头脑是历史的，所以善用这种才能来描写一切的事故。又因这爱父母的特性，故在作品中，任你说到什么程度，这一点总抹杀不掉。我爱读《芝兰与茉莉》，因为它是源源本本地说，用我们经验中极普遍的事实触动我。我想凡是有祖母的人，一读这书，至少也会起一种回想的。

书看完了，回想也写完了，上课的钟直催着。现在的事好像比往事要紧，故要用工夫来想一想祖母的经历也不能了！大概她以后的境遇也和书里的祖母有一两点相同罢。

写于哥伦比亚图书馆413号，检讨室。

1924年2月10日

儿女（节选）

朱自清

我现在已是五个儿女的父亲了。想起圣陶喜欢用的“蜗牛背了壳”的比喻，便觉得不自在。新近一位亲戚嘲笑我说“要剥层皮呢！”，更有些悚然了。

……

现在是一个媳妇，跟着来了五个孩子；两个肩头上，加上这么重一副担子，真不知怎样走才好。“命定”是不用说了；从孩子们那一面说，他们该怎样长大，也正是可以忧虑的事。我是个彻头彻尾自私的人，做丈夫已是勉强，做父亲更是不成。自然，“子孙崇拜”“儿童本位”的哲理或伦理，我也有些知道；既做着父亲，闭了眼抹杀孩子们的权利，知道是不行的。可惜这只是理论，实际上我是仍旧按照古老的传统，在野蛮地对付着，和普通的父亲一样。近来差不多是中年的人了，才渐渐觉得自己的残酷；想着孩子们受过的体罚和叱责，始终不能辩解——像抚摩着旧创痕那样，我的心酸溜溜的。有一回，读了有岛武郎《与幼小者》的译文，对了那种伟大的、沉挚的态度，我竟流下泪来了。去年父亲来信，问起阿九，那时阿九还在白马湖呢；信上说："我没有耽误你，你也不要耽误他才好。"我为这句话哭了一场；我为什么不像父亲的仁慈？我不该忘记，父亲怎样待我们来着！人性许真是二元的，我是这样地矛盾；我的心像钟摆似的来去。

……

正面意义的"幸福"，其实也未尝没有。正如谁所说，小的总是可爱，孩子们的小模样，小心眼儿，确有些教人舍不得的。阿毛现在五个月了，你用手指去拨弄她的下巴，或向她做趣脸，她便会张开没牙的嘴格格地笑，笑得像一朵正开的花。她不愿在屋里待着；待久了，便大声儿嚷。妻常说："姑娘又要出去溜达了"。她说她像鸟儿般，每天总得到外面溜一些时候。闰儿上个月刚过了三岁，笨得很，话还没有学好呢。他只能说三四个字的短语或句子，文法错误，发音模糊，又得费气力说出；我们老是要笑他的。他说“好”字，总变成“小”字；问他“好不好？”，他便说“小”，或“不小”。我们常常逗着他说这个字玩儿；他似乎有些觉得，近来偶然也能说出正确的“好”字了——特别在我们故意说成“小”字的时候。他有一只搪瓷碗，是一毛来钱买的；买来时，老妈子教给他：“这是一毛钱。”他便记住“一毛”两个字，管那只碗叫“一毛”，有时竟省称为“毛”。这在新来的老妈子，是必需翻译了才懂的。他不好意思，或见着生客时，便咧着嘴痴笑；我们常用了土话，叫他做“呆瓜”。他是个小胖子，短短的腿，走起路来，蹒跚可笑；若快走或跑，便更“好看”了。他有时学我，将两手叠在背后，一摇一摆的；那是他自己和我们都要乐的。他的大姊便是阿菜，已是七岁多了，在小学校里念着书。在饭桌上，一定得啰啰唆唆地报告些同学或他们父母的事情；气喘喘地说着，不管你爱听不爱听。说完了总问我：“爸爸认识么？”“爸爸知道么？”妻常禁止她吃饭时说话，所以她总是问我。她的问题真多：看电影便问电影里的是不是人？是不是真人？怎么不说话？看照相也是一样。不知谁告诉她，兵是要打人的。她回来便问，兵是人么？为什么打人？诸如此类的问题，每天短不了，常常闹得我不知怎样答才行。她和闰儿在一处玩儿，一大一小，不很合式，老是吵着哭着。但合式的时候也有：譬如这个往床底下躲，那个便钻进去追着；这个钻出来，那个也跟着——从这个床到那个床，只听见笑着，嚷着，喘着，真如妻所说，像小狗似的。现在在京的，便只有这三个孩子；阿九和转儿是去年北来时，让母亲暂时带回扬州去了。

……

我的朋友大概都是爱孩子的。少谷有一回写信责备我，说儿女的吵闹，也是很有趣的，何至可厌到如我所说；他说他真不解。子恺为他家华瞻写的文章，真是“蔼然仁者之言”。圣陶也常常为孩子操心：小学毕业了，到什么中学好呢？——这样的话，他和我说过两三回了。我对他们只有惭愧！可是近来我也渐渐觉着自己的责任。我想，第一该将孩子们团聚起来，其次便该给他们些力量。我亲眼见过一个爱儿女的人，因为不曾好好地教育他们，便将他们荒废了。他并不是溺爱，只是没有耐心去料理他们，他们便不能成材了。我想我若照现在这样下去，孩子们也便危险了。我得计划着，让他们渐渐知道怎样去做人才行。但是要不要他们像我自己呢？这一层，我在白马湖教初中学生时，也曾从师生的立场上问过丏尊，他毫不踌躇地说："自然啰。"近来与平伯谈起教子，他却答得妙："总不希望比自己坏啰。"是的，只要不"比自己坏"就行，"像"不"像"倒是不在乎的。职业，人生观等，还是由他们自己去定的好；自己顶可贵，只要指导，帮助他们去发展自己，便是极贤明的办法。

予同说："我们得让子女在大学毕了业，才算尽了责任。"SK 说："不然，要看我们的经济，他们的材质与志愿；若是中学毕了业，不能或不愿升学，便去做别的事，譬如做工人吧，那也并非不行的。"自然，人的好坏与成败，也不尽靠学校教育；说是非大学毕业不可，也许只是我们的偏见。在这件事上，我现在毫不能有一定的主意；特别是这个变动不居的时代，知道将来怎样？好在孩子们还小，将来的事且等将来吧。目前所能做的，只是培养他们基本的力量——胸襟与眼光；孩子们还是孩子们，自然说不上高的远的，慢慢从近处小处下手便了。这自然也只能先按照我自己的样子："神而明之，存乎其人。"光辉也罢，倒楣也罢，平凡也罢，让他们各尽各的力去。我只希望如我所想的，从此好好地做一回父亲，便自称心满意。——想到那“狂人”“救救孩子”的呼声，我怎敢不悚然自勉呢？

1928年6月24日晚写毕，北京清华园

辑五

心有怀恋几万点

水样的春愁

郁达夫

洋学堂里的特殊科目之一，自然是伊利哇拉的英文。现在回想起来，虽不免有点觉得好笑，但在当时，杂在各年长的同学当中，和他们一样的曲着背，耸着肩，摇摆着身体，用了读《古文辞类纂》的腔调，高声朗诵着皮衣啤，皮哀排的精神，却真是一点儿含糊苟且之处都没有的。初学会写字母之后，大家所急于想一试的，是自己的名字的外国写法；于是教英文的先生，在课余之暇就又多了一门专为学生拼英文名字的工作。有几位想走捷径的同学，并且还去问过先生，外国《百家姓》和外国《三字经》有没有得买的？先生笑着回答说，外国《百家姓》和《三字经》，就只有你们在读的那一本泼剌玛的时候，同学们于失望之余，反更是皮哀排、皮衣啤地叫得起劲。当然是不用说的，学英文还没有到一个礼拜，几本当教料书用的《十三经注疏》《御批通鉴辑览》的黄封面上，大家都各自用墨水笔题上了英文拼的歪斜的名字。又进一步，便是用了异样的发音，大家互讨便宜的混战；而实际上，有几位乡下的同学，却已经真的是两三个小孩子的父亲了。

因为一班之中，我的年龄算最小，所以自修室里，当监课的先生走后，另外的同学们在密语着哄笑着的关于男女的问题，我简直一点儿也感不到兴趣。从性知识发育落后的一点上说，我确不得不承认自己是一个最低能的人。又因自小就习于孤独，困于家境的结果，怕羞的心，畏缩的性，更使我的胆量，变得异常的小。在课堂上，坐在我左边的一位同学，年纪只比我大了一岁，他家里有几位相貌长得和他一样美的姊妹，并且住得也和学堂很近很近。因此，在校里，他就是被同学们苦缠得最厉害的一个；而礼拜天或假日，他的家里，就成了同学们的聚集的地方。当课余之暇，或放假期里，他原也恳切地邀过我几次，邀我上他家里去玩去；但形秽之感，终于把我的向往之心压住，曾有好几次想决心跟了他上他家去，可是到了他们的门口，却又同罪犯似的逃了。他以他的美貌，以他的财富和姊妹，不但在学堂里博得了绝大的声势，就是在我们那小小的县城里，也赢得了一般的好誉。而尤其使我羡慕的，是他的那一种对同我们是同年辈的异性们的周旋才略，当时我们县城里的几位相貌比较艳丽一点的女性，个个是和他要好的，但他也实在真胆大，真会取巧。

当时同我们是同年辈的女性，装饰入时，态度豁达，为大家所称道的，有三个。一个是一位在上海开店，富甲一邑的商人赵某的侄女；她住得和我最近。还有两个，也是比较富有的中产人家的女儿，在交通不便的当时，已经各跟了她们家里的亲戚，到杭州、上海等地方去跑跑了；她们俩，却都是我那位同学的邻居。这三个女性的门前，当傍晚的时候，或月明的中夜，老有一个一个的黑影在徘徊；这些黑影的当中，有不少都是我们的同学。因为每到礼拜一的早晨，没有上课之先，我老听见有同学们在操场上笑说在一道，并且时时还高声的用着英文作了隐语，如“我看见她了！”“我听见她在读书”之类。而无论在什么地方于什么时候的凡关于这一类的谈话的中心人物，总是课堂上坐在我的右边，年龄只比我大一岁的那一位天之骄子。

赵家的那位少女，皮色实在细白不过，脸形是瓜子脸；更因为她家里有了几个钱，而又时常上上海她叔父那里去走动的缘故，衣服式样的新异，自然可以不必说，就是做衣服的材料之类，也都是当时未开通的我们所不曾见过的。她们家里，只有一位寡母和一个年轻的女仆，而住的房子却很大很大。门前是一排柳树，柳树下还杂种着些鲜花；对面的一带红墙，是学宫的泮水围墙，泮池上的大树，枝叶垂到了墙外，红绿便映成着一色。当浓春将过，首夏初来的春三四月，脚踏着日光下石砌路上的树影，手捉着扑面飞舞的杨花，到这一条路上去走走，就是没有什么另外的奢望，也很有点像梦里的游行，更何况楼头窗里，时常会有那一张少女的粉脸出来向你抛一眼两眼的低眉斜视呢！

此外的两个女性，相貌更是完整，衣饰也尽够美丽，并且因为她俩的住址接近，出来总在一道，平时在家，也老在一处，所以胆子也大，认识的人也多。她们在二十余年前的当时，已经是开放得很，有点像现代的自由女子了，因而上她们家里去鬼混，或到她们门前去守望的青年，数目特别的多，种类也自然要杂。

我虽则胆量很小，性知识完全没有，并且也有点过分的矜持，以为成日地和女孩子们混在一道，是读书人的大耻，是没出息的行为；但到底还是一个亚当的后裔，喉头的苹果，怎么也吐它不出咽它不下，同北方厚雪地下的细草萌芽一样，到得冬来，自然也难免得有些望春之意；老实说将出来，我偶尔在路上遇见她们中间的无论那一个，或凑巧在她们门前走过一次的时候，心里也着实有点儿难受。

住在我那同学邻近的两位，因为距离的关系，更因为她们的处世知识比我长进，人生经验比我老成得多，和我那位同学当然是早已有过纠葛，就是和许多不是学生的青年男子，也各已有了种种的风说，对于我虽像是一种含有毒汁的妖艳的花，诱惑性或许格外的强烈，但明知我自己决不是她们的对手，平时不过于遇见的时候有点难以为情的样子，此外倒也没有什么了不得的思慕，可是那一位赵家的少女，却整整地恼乱了我两年的童心。

我和她的住处比较得近，故而三日两头，总有着见面的机会。见面的时候，她或许是无心，只同对于其他的同年辈的男孩子打招呼一样，对我微笑一下，点一点头，但在我却感得同犯了大罪被人发觉了的样子，和她见面一次，马上要变得头昏耳热，胸腔里的一颗心突突地总有半个钟头好跳。因此，我上学去或下课回来，以及平时在家或出外去的时候，总无时无刻不在留心，想避去和她的相见。但遇到了她，等她走过去后，或用功用得很疲乏把眼睛从书本子举起的一瞬间，心里又老在盼望，盼望着她再来一次，再上我的眼面前来立着对我微笑一脸。

有时候从家中进出的人的口里传来，听说“她和她母亲又上上海去了，不知要什么时候回来？”，我心里会同时感到一种像释重负又像失去了什么似的忧虑，生怕她从此一去，将永久地不回来了。

同芭蕉叶似的重重包裹着的我这一颗无邪的心，不知在什么地方，透露了消息，终于被课堂上坐在我左边的那位同学看穿了。一个礼拜六的下午，落课之后，他轻轻地拉着了我的手对我说：“今天下午，赵家的那个小丫头，要上倩儿家去，你愿不愿意和我同去一道玩儿？”这里所说的倩儿，就是那两位他邻居的女孩子之中的一个的名字。我听了他的这一句密语，立时就涨红了脸，喘急了气，嗫嚅着说不出一句话来回答他，尽在拼命的摇头，表示我不愿意去，同时眼睛里也水汪汪地想哭出来的样子；而他却似乎已经看破了我的隐衷，得着了我的同意似的用强力把我拖出了校门。

到了倩儿她们的门口，当然又是一番争执，但经他大声的一喊，门里的三个女孩，却同时笑着跑出来了；已经到了她们的面前，我也没有什么别的办法了，自然只好俯着首，红着脸，同被绑赴刑场的死刑囚似的跟她们到了室内。经我那位同学带了滑稽的声调将如何把我拖来的情节说了一遍之后，她们接着就是一阵大笑。我心里有点气起来了，以为她们和他在侮辱我，所以于羞愧之上，又加了一层怒意。但是奇怪得很，两只脚却软落来了，心里虽在想一溜跑走，而腿神经终于不听命令。跟她们再到客房里去坐下，看他们四人捏起了骨牌，我连想跑的心思也早已忘掉，坐将在我那位同学的背后，眼睛虽则时时在注视着牌，但间或得着机会，也着实向她们的脸部偷看了许多次数。等她们的输赢赌完，一餐东道的夜饭吃过，我也居然和她们伴熟，有说有笑了。临走的时候，倩儿的母亲还派了我一个差使，点上灯笼，要我把赵家的女孩送回家去。自从这一回后，我也居然入了我那同学的伙，不时上赵家和另外的两女孩家去进出了；可是生来胆小，又加以毕业考试的将次到来，我的和她们的来往，终没有像我那位同学似的繁密。

正当我十四岁的那一年春天（一九〇九，宣统元年己酉），是旧历正月十三的晚上，学堂里于白天给与了我以毕业文凭及增生执照之后，就在大厅上摆起了五桌送别毕业生的酒宴。这一晚的月亮好得很，天气也温暖得像二三月的样子。满城的爆竹，是在庆祝新年的上灯佳节，我于喝了几杯酒后，心里也感到了一种不能抑制的欢欣。出了校门，踏着月亮，我的双脚，便自然而然地走向了赵家。她们的女仆陪她母亲上街去买蜡烛水果等过元宵的物品去了，推门进去，我只见她一个人拖着了一条长长的辫子，坐在大厅上的桌子边上洋灯底下练习写字。听见了我的脚步声音，她头也不朝转来，只曼声地问了一声："是谁？"我故意屏着声，提着脚，轻轻地走上了她的背后，一使劲一口就把她面前的那盏洋灯吹灭了。月光如潮水似的浸满了这一座朝南的大厅，她于一声高叫之后，马上就把头朝了转来。我在月光里看见了她那张大理石似的嫩脸和黑水晶似的眼睛，觉得怎么也熬忍不住了，顺势就伸出了两只手去，捏住了她的手臂。两人的中间，她也不发一语，我也并无一言，她是扭转了身坐着，我是向她立着的。她只微笑着看看我看看月亮，我也只微笑着看看她看看中庭的空处，虽然此外的动作，轻薄的邪念，明显的表示，一点儿也没有，但不晓怎样一股满足，深沉，陶醉的感觉，竟同四周的月光一样，包满了我的全身。

两人这样的在月光里沉默着相对，不知过了多久，终于她轻轻地开始说话了："今晚上你在喝酒？""是的，是在学堂里喝的。"到这里我才放开了两手，向她边上的一张椅子里坐了下去。"明天你就要上杭州去考中学去么？"停了一会，她又轻轻地问了一声。"嗳，是的，明朝坐快班船去。"两人又沉默着，不知坐了几多时候，忽听见门外头她母亲和女仆说话的声音渐渐儿的近了，她于是就忙着立起来擦洋火，点上了洋灯。

她母亲进到了厅上，放下了买来的物品，先向我说了些道贺的话，我也告诉了她，明天将离开故乡到杭州去；谈不上半点钟的闲话，我就匆匆告辞出来了。在柳树影里披了月光走回家来，我一边回味着刚才在月光里和她两人相对时的沉醉似的恍惚，一边在心的底里，忽儿又感到了一点极淡极淡，同水一样的春愁。

祖父死了的时候

萧红

祖父总是有点变样子，他喜欢流起眼泪来，同时过去很重要的事情他也忘掉。比方过去那一些他常讲的故事，现在讲起来，讲了一半下一半他就说：“我记不得了。”

某夜，他又病了一次，经过这一次病，他竟说：“给你三姑写信，叫她来一趟，我不是四五年没看过她吗？”他叫我写信给我已经死去五年的姑母。

那次离家是很痛苦的。学校来了开学通知信，祖父又一天一天地变样起来。

祖父睡着的时候，我就躺在他的旁边哭，好像祖父已经离开我死去似的，一面哭着一面抬头看他凹陷的嘴唇。我若死掉祖父，就死掉我一生最重要的一个人，好像他死了就把人间一切“爱”和“温暖”带得空空虚虚。我的心被丝线扎住或铁丝绞住了。

我联想到母亲死的时候。母亲死以后，父亲怎样打我，又娶一个新母亲来。这个母亲很客气，不打我，就是骂，也是指着桌子或椅子来骂我。客气是越客气了，但是冷淡了，疏远了，生人一样。

“到院子去玩玩吧！”祖父说了这话之后，在我的头上撞了一下，“喂！你看这是什么？”一个黄金色的橘子落到我的手中。

夜间不敢到茅厕去，我说：“妈妈同我到茅厕去趟吧。”

“我不去！”

“那我害怕呀！”

“怕什么？”

“怕什么？怕鬼怕神？”父亲也说话了，把眼睛从眼镜上面看着我。

冬天，祖父已经睡下，赤着脚，开着纽扣跟我到外面茅厕去。

学校开学，我迟到了四天。三月里，我又回家一次，正在外面叫门，里面小弟弟嚷着：“姐姐回来了！姐姐回来了！”大门开时，我就远远注意着祖父住着的那间房子。果然祖父的面孔和胡子闪现在玻璃窗里。我跳着笑着跑进屋去。但不是高兴，只是心酸，祖父的脸色更惨淡更白了。等屋子里一个人没有时，他流着泪，他慌慌忙忙的一边用袖口擦着眼泪，一边抖动着嘴唇说："爷爷不行了，不知早晚……前些日子好险没跌……跌死。"

"怎么跌的？"

"就是在后屋，我想去解手，招呼人，也听不见，按电铃也没有人来，就得爬啦。还没到后门口，腿颤，心跳，眼前发花了一阵就倒下去。没跌断了腰……人老了，有什么用处！爷爷是八十一岁呢。"

"爷爷是八十一岁。"

"没用了，活了八十一岁还是在地上爬呢！我想你看不着爷爷了，谁知没有跌死，我又慢慢爬到炕上。"

我走的那天也是和我回来那天一样，白色的脸的轮廓闪现在玻璃窗里。

在院心我回头看着祖父的面孔，走到大门口，在大门口我仍可看见，出了大门，就被门扇遮断。

从这一次祖父就与我永远隔绝了。虽然那次和祖父告别，并没说出一个永别的字。我回来看祖父，这回门前吹着喇叭，幡杆挑得比房头更高，马车离家很远的时候，我已看到高高的白色幡杆了，吹鼓手们的喇叭苍凉的在悲号。马车停在喇叭声中，大门前的白幡、白对联、院心的灵棚、闹嚷嚷许多人，吹鼓手们响起呜呜的哀号。

这回祖父不坐在玻璃窗里，是睡在堂屋的板床上，没有灵魂地躺在那里。我要看一看他白色的胡子，可是怎样看呢！拿开他脸上蒙着的纸吧，胡子、眼睛和嘴，都不会动了，他真的一点感觉也没有了？我从祖父的袖管里去摸他的手，手也没有感觉了。祖父这回真死去了啊！

祖父装进棺材去的那天早晨，正是后园里玫瑰花开放满树的时候。我扯着祖父的一张被角，抬向灵前去。吹鼓手在灵前吹着大喇叭。

我怕起来，我号叫起来。

“咣咣！”黑色的，半尺厚的灵柩盖子压上去。

吃饭的时候，我饮了酒，用祖父的酒杯饮的。饭后我跑到后园玫瑰树下去卧倒，园中飞着蜂子和蝴蝶，绿草的清凉的气味，这都和十年前一样。可是十年前死了妈妈。妈妈死后我仍是在园中扑蝴蝶；这回祖父死去，我却饮了酒。

过去的十年我是和父亲打斗着生活。在这期间我觉得人是残酷的东西。父亲对我是没有好面孔的，对于仆人也是没有好面孔的，他对于祖父也是没有好面孔的。因为仆人是穷人，祖父是老人，我是个小孩子，所以我们这些完全没有保障的人就落到他的手里。后来我看到新娶来的母亲也落到他的手里，他喜欢她的时候，便同她说笑，他恼怒时便骂她，母亲渐渐也怕起父亲来。

母亲也不是穷人，也不是老人，也不是孩子，怎么也怕起父亲来呢？我到邻家去看看，邻家的女人也是怕男人。我到舅家去，舅母也是怕舅父。

我懂得的尽是些偏僻的人生，我想世间死了祖父，就没有再同情我的人了，世间死了祖父，剩下的尽是些凶残的人了。

我饮了酒，回想，幻想……

以后我必须不要家，到广大的人群中去，但我在玫瑰树下颤怵了，人群中没有我的祖父。

所以我哭着，整个祖父死的时候我哭着。

永远的憧憬和追求

萧红

一九一一年，在一个小县城里边，我生在一个小地主的家里。那县城差不多就是中国的最东最北部——黑龙江省——所以一年之中，倒有四个月飘着白雪。

父亲常常为着贪婪而失掉了人性。他对待仆人，对待自己的儿女，以及对待我的祖父都是同样的吝啬而疏远，甚至于无情。

有一次，为着房屋租金的事情，父亲把房客的全套的马车赶了过来。房客的家属们哭着诉说着，向我的祖父跪了下来，于是祖父把两匹棕色的马从车上解下来还了回去。

为着这匹马，父亲向祖父起着终夜的争吵。“两匹马，咱们是算不了什么的，穷人，这匹马就是命根。”祖父这样说着，而父亲还是争吵。九岁时，母亲死去。父亲也就更变了样，偶然打碎了一只杯子，他就要骂到使人发抖的程度。后来就连父亲的眼睛也转了弯，每从他的身边经过，我就像自己的身上生了针刺一样；他斜视着你，他那高傲的眼光从鼻梁经过嘴角而后往下流着。

所以每每在大雪中的黄昏里，围着暖炉，围着祖父，听着祖父读着诗篇，看着祖父读着诗篇时微红的嘴唇。

父亲打了我的时候，我就在祖父的房里，一直面向着窗子，从黄昏到深夜——窗外的白雪，好像白棉花一样飘着；而暖炉上水壶的盖子，则像伴奏的乐器似的振动着。

祖父时时把多纹的两手放在我的肩上，而后又放在我的头上，我的耳边便响着这样的声音：

“快快长吧！长大就好了。”

二十岁那年，我就逃出了父亲的家庭。直到现在还是过着流浪的生活。

“长大”是“长大”了，而没有“好”。

可是从祖父那里，知道了人生除掉了冰冷和憎恶而外，还有温暖和爱。

所以我就向这“温暖”和“爱”的方面，怀着永久的憧憬和追求。

1936年12月12日

怀旧（节选）

周作人

读了郝秋圃君的杂感《听一位华侨谈话》，不禁引起我的怀旧之思。我的感想并不是关于侨民与海军的大问题的，只是对于那个南京海军鱼雷枪炮学校的前身，略有一点回忆罢了。

海军鱼雷枪炮学校大约是以前的封神传式的“雷电学校”的改称，但是我在那里的时候，还叫作“江南水师学堂”，这已是二十年前的事情了。那时鱼雷刚才停办，由驾驶管轮的学生兼习，不过大家都不用心。所以我现在除了什么“白头鱼雷”等几个名词以外，差不多忘记完了。

学校的西北角是鱼雷堂旧址，旁边朝南有三间屋曰关帝庙，据说原来是游泳池，因为溺死过两个小的学生，总办命令把它填平，改建关帝庙，用以镇压不祥。庙里住着一个更夫，约有六十多岁，自称是个都司，每日三次往管轮堂的茶炉去取开水，经过我的铁格窗外，必定和我点头招呼（和人家自然也是一样），有时拿了自养的一只母鸡所生的鸡蛋来兜售，小洋一角买十六个。他很喜欢和别人谈时事，他的都司大约就在那时得来，可惜我当时不知道这些谈话的价值，不大愿意同他去谈，到了现在回想起来，实在觉得可惜了。

关帝庙之东有几排洋房，便是鱼雷厂机器厂等，再往南去是驾驶堂的号舍了。鱼雷厂上午八时开门，中午休息，下午至四五时关门。厂门里边两旁放着几个红色油漆的水雷，这个庞大笨重的印象至今还留在脑里。看去似乎是有了年纪的东西，但新式的是怎么样子，我在那里终于没见过。厂里有许多工匠，每天在那里磨擦鱼雷，我听见教师说，鱼雷的作用全靠着磷铜缸的气压，所以看着他们磨擦，心想这样的擦去，不要把铜渐渐擦薄了么，不禁代为着急。不知现在已否买添，还是仍旧磨擦着那几个原有的呢？郝君杂感中云“军火重地，严守秘密……唯鱼雷及机器场始终未参观”，与我旧有的印象截然不同，不禁使我发生了极大的今昔之感了。

水师学堂是我在本国学过的唯一的学校，所以回想与怀恋很多，一时写说不尽，现在只略举一二，纪念二十年前我们在校时的自由宽懈的日子而已。

1922 年 8 月